韩陈其 著

韩陈其
诗歌集

言意象观照中的
原创中国汉语诗歌

作家出版社

卷首诗象

宽骚体·乾坤骚怀

宽骚长怀兮朗朗乾坤，

星歌云梦之莽莽昆仑。

流霞飞虹兮杲杲春旸，

龙埂铁瓮之淼淼京江。

高天叠彩兮泱泱华夏，

红尘染月之莘莘人家。

瀛海微澜兮粼粼镜湖，

光华缤纷之凛凛天都！

目　录

卷五　高天叠彩

卷八　光华缤纷

诗序

　　余为兢兢书匠，亦为萌萌诗人，自卯角舞象而至古稀从心，诗爱之心浸浸而润，诗创之情腾腾而飞，不亦乐乎，不亦人生乎！

　　忝列中外高校讲席凡四十余年，而中国人民大学，则为吾永远之大学！我所招博士生专攻汉语、汉语史、中国语言学史，而所招硕士生则专攻中国古代诗词的语学释读。

　　吾本属牛，乳名大牛，行于故乡，走牛运矣！一辈子唯躬耕而已：弱冠农耕，可谓地牛；而立笔耕，可谓字牛；在言意象的大天地里，默默耕耘四十余载，可谓默牛！

　　孜孜矻矻，白首穷经；春兰秋菊，堪以告慰：四十余年的学术生涯，肇始于"言"，周旋于"意"，升华于"象"，言—意—象铺就了我的学术康庄大道，也架构了我的人生哲学观，既不汲汲于时利，更不汲汲乎空名。四十余年的汉语研究而独自形成一个独特的基于传统又新于传统的"言—言意—言意象"的研究发展轨迹，构拟设置了一个基于语象感官互通的汉语的言意象系统，运用独创的观象、取象、立象的汉语言意象观照的诗歌理论而创作诗歌。

象者，想象之象也！

言意象观照，是《韩陈其诗歌集》的一如既往的创作宗旨！汉语之魂者，象也；汉字之魂者，象也！诗者，汉语汉字交合之魂也，象也哉！

象为汉语诗歌之永远灵魂！天下之妙，莫妙于象；汉语之美，莫美于象；汉字之奇，莫奇于象。汉语融象于声（声象），汉字示象于形（形象）：肇始于象，浸染于象，孕育于象，光大于象，神乎其象。

愚以为：一言明而可以终身受益者而莫胜于象！明象者，明己、明人，明事、明物，明心、明理，明诗、明文，明今、明古，明夷、明夏：明乎天下也。而《韩陈其诗歌集》者，观象而思，依象而想，明象而作，驭象而行，其或可谓明乎天下矣！

《韩陈其诗歌集》：发轫于京华，斟酌于南北，雕琢于东西；推敲于字里行间，切磋于唇吻齿牙，蒸蔚于云飞霞飘；观象则尽诗象至广，取象则尽诗象至美，立象则尽诗象至幻！诗象至广，诗象至美，诗象至幻，汉语诗歌之大象幻象也！殚精竭虑，蔷薇泣血而希冀字字珠玑；登山观海，冰心寻象而渴望篇篇瑶璋，其或可谓尽心尽力焉耳矣！

汉语传统格律诗中的"平仄"，在诗歌表义系统中，有其一定的范域和有限的作用；而在现代汉语的普通话中，入声消失归并为阴阳上去后而再去特别讲究和特别强调所谓的"平仄"，则往往会显得格格不入，而且甚至可以说是风马牛了。其实，就汉字的韵律而言，就是在入声没有归并变化的状态下，平仄也仅仅只是一种调律而已，其在汉语传统诗歌中的表义功能和表义范域应该是极其有限的。如今有一种倾向是把平仄在诗歌表义系统中的作用肆无忌惮地扩张到不可想象的神话地步，这似乎应该有所警惕！

汉语现代诗，在某种意义上似乎走到了一个无拘无束的极端：几乎完全没有章法，几乎完全没有诗法，几乎完全没有规制而随心所欲，丧失了作为汉语诗歌存在的基本形式条件！

有鉴于此，《韩陈其诗歌集》在传统诗歌（《诗经》《楚辞》以及格律诗词）的基础上，以"象"为诗歌灵魂，创制一种新型的汉语诗歌的表达形式或者说是汉语诗歌新格律。

就汉语诗歌的形式要素而言，其所创制提倡的汉语诗歌的形式要素或者说是汉语诗歌新格律如下：

其一，齐正体、方正体，即韩氏齐正律、韩氏方正律，这是汉语诗歌的基础形式新格律。汉语最早的诗歌是两言诗（即：断竹，续竹，飞土，逐肉），后来是四言诗、六言诗、五言诗、七言诗。汉语诗歌的齐正律或者说是方正律，是由汉语语音结构特点尤其是汉字的齐正方正的特点而决定的。

其二，宽骚体，即韩氏宽骚体，也可以说成韩氏宽骚律，这是汉语诗歌形式的新格律。就汉语诗歌而言，其长度在理论上应该可以是无限的，个人以为汉语诗歌长度以十行为常态，根据需要其变态而可长可短；而汉语诗歌的宽度则往往是有限的，《诗经》的四言（约占比91%）、五言（约占比5%），《楚辞》的六言、七言，律绝的五言、七言，仅此而已。韩诗宽骚体，由于吸纳了诗骚赋各有特色的句式，加以宽化和变造，相对而言句式则显得比较丰富宽泛：一般而言，韩氏宽骚体多为九言诗，追根溯源，当为《诗经》四言和五言句的叠加重合形态，或者也可以认为是叠合《诗经》两个四言句而在其中间加入《楚辞》的习惯性语气词和助词"兮"和"之"而构成韩氏宽骚体的九言句式。而韩氏宽骚体最长为十四言诗、十五言诗，算是对汉语诗歌宽度的一种创吟极限的尝试。

其三，宽韵体，即韩氏宽韵体，也可以说成韩氏宽韵律，这是汉语诗歌形式的新格律。宽大为韵的出发点，是强调与齐正性、方正性相适应的或者说相为呼应的是中文诗歌的韵律性。所谓韵律性，不是指平仄的调度（因为入声消失而显得毫无意义），而是指韵脚的选位与选择。中文诗歌的韵律性，既坚持双句押平声韵，韵的选择与确定以韩陈其《现代诗韵与平水诗韵对照表》（韩陈其《中国古汉语学》第 913—939 页，台湾新文丰出版社 1995 年）为准；又体现鼓励押韵的宽大为怀的风格，在齐正性和韵律性的基础上，对韵位和韵脚的安排也做出了种种选择和尝试。比如：既可押同部平声韵，又可押相邻相近的在韵感上比较吻合的异部平声韵；既可押同部平声韵，又可分别押同部的上声韵、去声韵，也可阴阳上去四声通押；既可一韵到底，也可任意换韵；既可异字为韵，也可同字为韵；既可双句为韵，也可单句为韵。《韩陈其诗歌集》对韵位和韵脚的安排做出了前所未有的崭新尝试，比如"韩氏如如体"（简称"如如体"）所创：平声同字韵而一韵到底；同字韵四度交替换韵；又比如"韩氏骚赋体"（简称"骚赋体"）所创：既有单双句交互押韵，又有单句押韵，双句语义连环接力递送，构成韵律和意律双向而行的特殊诗语。

其四，宽对体，即韩氏宽对体，也可以说成韩氏宽对律，这是汉语诗歌形式的新格律。字数相等、结构一致、词性相同、语义相关的两两对称的语言形式，因适用对象的差异而形成相关而不相同的表述，如：用于散文"先天下之忧而忧，后天下之乐而乐"（范仲淹《岳阳楼记》）中则称为"对偶"；用于楹联"度比江河溪流兼纳，气如春夏群物发生"（江苏佛学院校门）中则称为"对联"或"对子"；用于诗歌"云飘白下春阑珊，霞飞朱方秋缠绵"（《忘情北固》）中则称为"对仗"。所谓韩氏宽对体或韩氏宽对律，集散文、楹联、诗歌之大成，创制宽对，不拘调格，不拘韵格，不拘声格，不拘义格，而主要倾心关注并且追求"象"格，即诗句中各"象"所显示的层次性、广域性、蕴含性、色彩性、协调性、关联性、想象性。

其五，宽异体，即韩氏宽异体，也可以说成韩氏宽异律，这是汉语诗歌形式的新格律。在规制汉语新诗歌的齐正律、方正律的基础形式格律的前提下，提倡比较灵活的宽泛的不拘一格的汉语诗歌的异体表现形式，便是宽异体。

《韩陈其诗歌集》，以象显真，以象明善，以象彰美，以象寻言，以象明意，以象为诗，连环相承，步步入象，在言意象的大世界遨游而寻觅汉语诗歌真善美的真谛和象谛。

《韩陈其诗歌集》共分八卷：以宽骚长怀卷开篇，尽可彰显"象"为汉语诗歌永远灵魂的独创特色；或为星歌云梦卷，云水激荡，星汉灿烂，爱恨情愁，灵悟色空；或为流霞飞虹卷，姹紫嫣红，风情雨思，娥月艳阳，雪意冰心；或为龙埂铁瓮卷，西津渡帆，南山听鹂，冰心玉壶，满眼风光；或为高天叠彩卷，首善漫思，天安大观，碧水映云，绿野叠霞；或为红尘染月卷，峨眉游云，西洋冲浪，嵩山禅月，古道西风；或为瀛海微澜卷，丝丝心牵，款款意浓，日久生情，厚德载物；或为光华缤纷卷，标新立异，存续继绝：既有诗形之异，如《扇之秋》，也有诗韵之异，如《九觞一笑》《日月光华》《善人乐牛》《如来如去》。既有小巧玲珑而不拘一格，也有洋洋洒洒而铺天盖地；既有直接吟象而诗的《挂怀》，也有借赋而诗的《入泮知命》。

吾之于诗，梦于舞象，萌于弱冠，根于而立，秀于不惑，穗于知命，繁于耳顺，花于古稀，大华盛世梦圆成真。追怀溯源，毕生诗歌梦，毕生中国梦，不亦乐乎，不亦幸乎，不亦大牛乎！

韩陈其（大牛）

2020 年元旦于中国人民大学

卷一　宽骚长怀

新疆天歌

登眺天山兮望乎烽燧，烽燧孤寂之邈邈时岁！

登顾天山兮望乎轮台，轮台杳渺之丝丝榆槐！

登临天山兮望乎楼兰，楼兰窈窕之活活美仙！

登看天山兮望乎峡口，峡口沧桑之熙熙觞酒！

登观天山兮望乎丹霞，丹霞斑斓之茫茫苇葭！

登拜天山兮望乎雅丹，雅丹魔幻之璨璨彩滩！

登越天山兮望乎神湖，神湖呜呜之凄凄音符！

登跨天山兮望乎戈壁，戈壁荒阔之嶙嶙砾石。

登游天山兮望乎沙漠，沙漠浩瀚之幽幽铃驼！

登攀天山兮望乎胡杨，胡杨傲岸之绵绵峦冈！

登瞰天山兮望乎红河，红河奔腾之匆匆飞鹤！

登仰天山兮望乎天池，天池悬碧之瑶瑶仙墀！

登寻天山兮望乎野居，野居茕独之嘻嘻馕趣！

登欢天山兮望乎新娘，新娘婵娟之涟涟沛滂！

登思天山兮思乎人生，人生驹隙之金石琴笙？

天台赢虹①

今山何山兮天台谁秀，春秀天台之琼台悬碧。

今山何山兮天台谁秀，夏秀天台之云耸双阙。

今山何山兮天台谁秀，秋秀天台之赤城霞月。

今山何山兮天台谁秀，冬秀天台之云影峻壁。

今山何山兮天台谁秀，鬼秀天台之九峰赢虹。

今山何山兮天台谁秀，仙秀天台之灵溪天通。

今山何山兮天台谁秀，人秀天台之栈道凌空。

今山何山兮天台谁秀，神秀天台之仙谷游龙。

今山何山兮天台谁秀，文秀天台之道源佛宗。

今山何山兮天台谁秀，天秀天台之可作仙翁？

【注释】

① 未及弱冠，读晋人孙绰《游天台山赋》，始知"天台山者，盖山岳之神秀者也"。神游峻极、嘉祥、瑰富、壮丽之天台久矣。

峨眉云游

峨眉高高兮匍匐五岳，峨眉秀秀之玲珑日月。

峨眉十里兮云天变幻，峨眉一日之四季演换。

雪月风花兮云石溪木，秀色可餐之心驰云舞。

峨眉山雪兮纷纷扬扬，冰清玉洁之锦川茫茫。

峨眉山月兮影影绰绰，水柔银白之婵娟惚惚。

峨眉山风兮洒洒潇潇，松涛云浪之霓裳飘飘。

峨眉山花兮菲菲芳芳，桃红柳绿之艳阳煌煌。

峨眉山木兮翠翠微微，猴欢鹤鸣之细雨霏霏。

峨眉山溪兮壑壑沟沟，流影浮光之逝水悠悠。

峨眉山石兮峻峻峥峥，日照月映之明镜澄澄。

峨眉山云兮妙妙栩栩，卷舒幻化之天女嘘嘘。

峨眉山情兮脉脉依依，鬓白颜红之春心怡怡。

峨眉金顶兮峰峰巅巅，圣灯云海之心路绵绵。

乐山大佛

三江交汇兮望乎龙游，龙游逦迤之悠悠春秋！

三江交汇兮望乎凌云，凌云绝顶之漫漫九峰！

三江交汇兮望乎海通，海通天谋之赫赫巍功！

三江交汇兮望乎千舟，千舟竞发之雄雄兜鍪！

三江交汇兮望乎峨眉，峨眉浮波之飕飕云愁！

三江交汇兮望乎天宫，天宫苍茫之穆穆佛容！

三江交汇兮望乎大千，大千变幻之袅袅萝烟！

三江交汇兮望乎云佛，云佛耸天之煌煌普陀！

三江交汇兮望乎天蹬，天蹬凌空之炯炯鸿蒙！

航天颂①

远远炎黄兮东方苍龙，苍龙威武之翱翔青穹。

恢恢大圆兮山海女娲，女娲巧慧之炼补霞葩。

玄玄空灵兮广寒嫦娥，嫦娥窈窕之催舞天歌。

杲杲敦煌兮飞天女神，女神招引之追梦芳魂。

悠悠灏漫兮随心悟空，悟空自由之天地从容。

离离乱世兮清华逸东，逸东感慨之驴马铆工。

淡淡名利兮诺奖彷徨，彷徨人生之扫地擦窗。

茫茫航天兮十年一剑，一剑千万之魂萦梦牵。

上上神舟兮碧华婵娟，婵娟恍惚之航天奇缘。

泱泱华夏兮天赞大东，大东悟空之普普通通！

【注释】

① 偶读顾逸东院士以《清华学生要担当起祖国腾飞的重任》为题的清华大学演讲，读后心情久久不能平静，深为广大航天人之家国情怀而感动，特以记之。

女静

女之姝，在于静，《诗经》则有《静女》。静之韵，在于柔、娴、雅、宁、如、明。

女静柔柔兮柔柔静女，婵娟窈窕之微微轻语。

女静娴娴兮娴娴静女，黛娥云鬓之依依心侣。

女静雅雅兮雅雅静女，金粉娥翠之丝丝花雨。

女静宁宁兮宁宁静女，萧娘梅香之萌萌姬虞。

女静如如兮如如静女，青鬟红袖之姝姝飘羽。

女静明明兮明明静女，倾城倾国之洋洋天宇。

半世依依

　　浮云一别而半世再聚，南北东西，风风雨雨，夕阳晚晴，或为官，或为民，或为亿万富翁，或为清贫书生，而唯有同窗共存，谱写人生永世璀璨交响乐章。

　　璨璨芳华兮芳华璨璨，半世同窗之萌萌弱冠。

　　奕奕神采兮神采奕奕，半世同窗之昂昂而立。

　　默默岁月兮岁月默默，半世同窗之朗朗不惑。

　　萦萦情怀兮情怀萦萦，半世同窗之幽幽知命。

　　瞬瞬沧桑兮沧桑瞬瞬，半世同窗之清清耳顺。

　　滚滚红尘兮红尘滚滚，半世同窗之休休从心。

　　古稀从心兮从心古稀，半世同窗之永世依依。

东京梦华

登我铁塔兮想乎启封，启封拓疆之巍巍仓城！

登我铁塔兮想乎大梁，大梁引黄之济济孙庞。

登我铁塔兮想乎汴州，汴州复元之重重兜鍪。

登我铁塔兮想乎东都，东都转向之灿灿新途。

登我铁塔兮想乎汴梁，汴梁争凑之煌煌汉唐。

登我铁塔兮想乎龙亭，龙亭携湖之泱泱皇庭。

登我铁塔兮想乎吹台，吹台赋歌之悠悠情怀。

登我铁塔兮想乎包湖，包湖明镜之赫赫龙图。

登我铁塔兮想乎繁塔，繁塔媲美之隐隐希腊。

十朝古都兮东京梦华，清明上河之豫豫人家。

七朝都会兮东京梦华，清明上河之漫漫霓霞！

耀天红月

　　南朝宋人谢庄《月赋》的美句"美人迈兮音尘阙，隔千里兮共明月"，被六百多年之后的苏东坡演化为"但愿人长久，千里共婵娟"，以"婵娟"其义的迷茫迷幻而成为千古名句。而今于《月赋》故地宝华遥望一百五十年一遇的红月亮，不仅仅为月色所感动，而且更为月力所震撼，那排山倒海的大洋之潮，不正是月亮在玩水弄潮吗？

婵娟碧华兮凛凛飞红，玄烛耀天之滚滚尘红。

明明红月兮红月如眉，玄烛照天之娇娇娥眉。

红月明明兮红月如钩，玄烛辉天之晶晶玉钩。

明月红红兮红月如眸，玄烛煌天之柔柔情眸。

红红明月兮红月如环，玄烛烛天之灿灿金环。

月红月红兮如如月红，玄烛光天之天灯红红。

红月红月兮宝华红月，玄烛华天之红红雪月！

婵娟碧华兮玩水弄潮，玄烛烁天兮天海洋潮！

碧华婵娟兮弄潮玩水，玄烛灯天兮冰镜天水！

寻往

五十三年兮五十三坡^①，星空璀璨之日月穿梭。

五十三年兮五十三坡，青春傲霓之妙曼婆娑。

五十三年兮五十三坡，滩涂湖海之随流逐波。

五十三年兮五十三坡，楚歌越舞之踌躇蹉跎。

五十三年兮五十三坡，死生契阔之思雨滂沱。

五十三年兮五十三坡，何日登高之鼓歌醉酡？

【注释】

① 五十三坡：镇江一个特殊的地名，特指从镇
 江博物馆东侧向西津渡古街走的那段五十三
 级石阶山坡。五十三坡的路名来自佛教典籍
 《华严经》，善财童子一路南下，跋山涉水，
 风餐露宿，先后求教于五十三位高知者而修
 成正果。

西津元夕

今夕何夕兮西津元夕，元夕西津之灯山灯海。

今夕何夕兮西津元夕，元夕西津之花山花海。

今夕何夕兮西津元夕，元夕西津之歌山歌海。

今夕何夕兮西津元夕，元夕西津之人山人海。

西津元夕兮灯潮花潮，花潮灯潮之悠悠婵娟。

西津元夕兮歌潮人潮，人潮歌潮之丽丽金钿。

西津元夕兮婵娟金钿，金钿婵娟之翩翩天仙。

今夕何夕兮西津元夕，元夕西津之如如不息！

圖心颂

　　江苏镇江新区有因神秘圖山而得名的圖心大厦，于圖心大厦放望圖山，有中西一体、环球一象之感慨，一唱三叹，咏而歌之，不亦乐乎！

　　放望圖山兮圖心巍巍，巍巍圖心之心灵蔷薇！

　　放望圖山兮圖心昂昂，昂昂圖心之心神云窗！

　　放望圖山兮圖心灿灿，灿灿圖心之心城空山！

　　放望圖山兮圖心煌煌，煌煌圖心之心河星光！

　　放望圖山兮圖心津津，津津圖心之心海西邻！

　　放望圖山兮圖心绵绵，圖心绵绵之心语婵娟！

　　放望圖山兮圖心裦裦，裦裦圖心之心旌魏姚！

　　放望圖山兮圖心钦钦，钦钦圖心之心钟麒麟！

　　放望圖山兮圖心离离，离离圖心之心路岖崎！

　　放望圖山兮圖心骚骚，骚骚圖心之心舟逍遥！

　　放望圖山兮圖心靡靡，靡靡圖心之心歌泰西！

圌山颂

圌山，原名瑞山，位于江苏省镇江市丹徒区大路境内。相传秦始皇东巡而见此山瑞气升腾呈龙骧虎视之态，即传旨将"瑞"字去"王"加"口"（音围），以防王气外泄危及大秦江山，从此瑞山便被改称为"圌山"。圌山，于江北无山的泰州、扬州而言，更是一座神秘之山。数度登越圌山，故特以宽骚体咏而歌之。

登眺圌山兮望乎大江，大江汹涌之悠悠沧桑！

登攀圌山兮望乎五峰，五峰逶迤之熙熙凰凤！

登观圌山兮望乎东霞，东霞灿烂之苍苍蒹葭！

登拜圌山兮望乎绍隆，绍隆静穆之幽幽禅龙！

登越圌山兮望乎韩营①，韩营威武之昂昂雄英！

登仰圌山兮望乎炮台②，炮台傲耸之凛凛未来！

登临圌山兮望乎黄明③，黄明绵延之款款深情！

登顾圌山兮望乎恩塔④，恩塔高雄之衮衮贤达！

登跨圌山兮望乎箭洞⑤，箭洞迷离之煌煌神功！

登游圌山兮望乎天泉，天泉巉峻⑥之清清好源！

登看圌山兮望乎山花，山花烂漫之莘莘人家！

赞我圌山兮宜侯矢簋⑦，美我大港之宜侯矢簋！

【注释】

① 韩营：唐宋时圌山是军事重镇，宋代称"圌山寨"。宋名将韩世忠曾经驻守圌山，山下的"韩桥""韩阙""营里""寨下"等地名，山上的韩营、烽火台遗址，都是相关的遗迹和踪迹。

② 炮台：圌山炮台遗址，傲然耸立着"圌山抗英炮台遗址"纪念碑。恩格斯在《英军对华的新远征》一文中高度评价了圌山关炮战，他说："如果英军在各地都遭到同样的抵抗，他们就绝对到不了南京。"

③ 黄明：清明节的次日登圌山祈福安的民俗节庆，便是黄明节，简称黄明。登圌山祈福安的习俗源于秦汉而绵延至今，影响遍及大江南北。

④ 恩塔：即报恩塔，万里长江第一塔，位于圌山之巅楞严寺侧，明崇祯年间吏部尚书陈观阳为报答家乡父老养育之恩所建。

⑤ 箭洞：位于圌山主峰西南山脊，顶高百丈，远

看如悬空而架的天桥，传说是后羿射日时一箭误穿而形成的洞，故名箭洞。类似箭洞的仙人洞、葛仙洞、滴水洞、鸽子洞、蝙蝠洞、盘蓝洞、观音洞、透天洞、老虎洞、仙桃洞、野猫洞等等，整整七十二洞，或分布在巉崖，或隐蔽于幽谷。

⑥ 巉峻：山势高而险峻。绍隆寺地处龙地，寺庙整体造型则酷似一条卧伏的巨龙。

⑦ 宜侯夨簋：1954年6月在镇江大港烟墩山出土，是国宝级西周青铜礼器，收藏于国家博物馆。宜侯夨簋是镇江大港的象征。

鸡飞狗旺

　　三十除岁，向晚除夕。除夕除岁，除岁除夕，鸡飞狗笑，以迎戊戌。

　　除夕除岁兮除岁除夕，喜喜红红兮亲亲戚戚！

　　鸡飞狗旺兮除岁除夕，春夏秋冬之忙忙急急。

　　鸡飞狗叫兮除夕除岁，男女老少之双双对对。

　　鸡飞狗汪兮除岁除夕，东南西北之歌歌泣泣①。

　　鸡飞狗欢兮除夕除岁，喜怒哀乐之零零碎碎。

　　鸡飞狗笑兮除岁除夕，锅碗瓢盆之点点滴滴。

　　鸡飞狗喜兮除夕除岁，爱恨情仇之连连缀缀。

　　鸡飞狗闹兮除岁除夕，江河湖海之潮潮汐汐。

　　除岁除夕兮除夕除岁，日月星辰之凉凉沸沸！

　　除夕除岁兮除岁除夕，红红喜喜兮福福吉吉！

【注释】

①　东南西北之歌歌泣泣：除岁祭祖，故泣；除
　　夕守岁，故歌。因而有"歌歌泣泣"之语。

鹳鹳歌

　　白鹳是候鸟，雌鹳被猎人开枪击中了翅膀再也不能飞行而留在了克罗地亚，而雄鹳在天气开始寒冷后就往非洲南部飞迁。雌鹳留下，雄鹳飞了，都以为雄鹳不会再飞回来了。然而，在春暖花开之时，这只雄鹳飞越了二万五千千米，飞越南北半球，又回来了。这一飞越南北半球的相会相聚，已经持续了十六年。

　　鹳鹳之鹳兮雌鹳之等，等等待待之旦旦夕夕；
　　鹳鹳之鹳兮雌鹳之待，待待等等之日日月月。
　　鹳鹳之鹳兮雄鹳之飞，飞飞如如①之如如不息；
　　鹳鹳之鹳兮雄鹳之爱，爱爱如如之如如不绝。
　　如如白鹳兮白鹳如如，如如爱爱之爱爱绎绎②！

【注释】
① 如如：恭顺儒雅貌；络绎不绝貌；永恒、永存
　　（佛教语言）。
② 绎绎：光采貌；和调貌；相连貌；无穷之意。

019

牛首春颂

　　金陵牛首，亦名天阙，佛教名山，为牛头禅宗之开教发祥地。牛首山春光迷人，故有"春牛首"之称。

登我天阙兮望乎牛首，双峰双阙之朦胧春光！

拜我天阙兮望乎牛首，佛顶圣宫之禅境佛光！

朝我天阙兮望乎牛首，娑罗穹顶之日月仰光！

望我天阙兮望乎牛首，释迦牟尼之涅槃禅光！

礼我天阙兮望乎牛首，六波罗蜜之舍利重光^①！

敬我天阙兮望乎牛首，洗心洗魂之万象风光！

尊我天阙兮望乎牛首，弘觉寺塔之梵刹荣光！

仰我天阙兮望乎牛首，郑和远航之丝绸耀光！

美我天阙兮望乎牛首，岑碧花秾之隐龙湖光！

爱我天阙兮望乎牛首，倾城倾国之烟岚霞光！

【注释】

①　六波罗蜜之舍利重光：佛顶舍利藏宫位于地下

四十四米处，庄重、神秘，其长廊长六十六米，根据六波罗蜜的供养内涵布局。六波罗蜜是菩萨的六种行为，分别为持戒、布施、忍辱、精进、禅定、智慧。

雪怀

山雪狂舞兮处处云龙，天星点灯之几点松雪。

原雪怒飞兮茫茫云野，天仙许愿之几许梅雪。

江雪飘翔兮淼淼云水，天禽分象之几分舟雪。

城雪轻扬兮熙熙云衢，天花多情之几多楼雪。

雪女兆瑞兮大雪小雪，瑞雪香雪之初心如雪！

新冠抗毒抗命歌

　　猪尾鼠头，新冠病毒，始狂于鄂，继肆于国，泛滥肆虐全球。谈毒，往往色变心惊；抗毒，处处可歌可泣，故特以宽骚体为《新冠抗毒抗命歌》。

之一

新冠病毒兮魑魅魍魉，魑魅魍魉之恐人恐命；

病毒新冠兮魍魉魑魅，魍魉魑魅之惊城惊命！

之二

新冠病毒兮瘟疫妖魔，瘟疫妖魔之旦旦讨命；

病毒新冠兮妖魔瘟疫，妖魔瘟疫之夕夕伐命！

之三

新冠封城兮森森白衣，白衣森森之乐天搏命；

封城新冠兮巍巍南山，南山巍巍之安身立命！

之四

亿亿万万兮鏖战向壁，向壁鏖战之抗毒抗命；

万万亿亿兮慷慨激豪，激豪慷慨之知天奔命！

之五

从从容容兮淡淡定定，天人相依之生生惜命；

淡淡定定兮从从容容，人天相安之息息关命①！

【注释】

① 息息关命：即一呼一吸之间，关乎生命安危，

于今才得以深切认知，于今才得以认知人与自

然的和谐共生是多么的要紧。

哭穆雷教授

著名教育家、美国特拉华大学教授Frank B. Murray（弗兰克·穆雷），不幸逝世，不胜悲痛之至，特悼祭其永垂不朽之往生魂灵。

哭我穆雷兮望乎大洋，大洋漭漭之殇殇断肠！

哭我穆雷兮瞻乎蓝鸡①，蓝鸡凄凄之唏唏哀靡！

哭我穆雷兮振乎长袍，长袍缟缟之嚎嚎丧啕！

哭我穆雷兮念乎夭桃②，夭桃灼灼之硕硕英髦！

哭我穆雷兮永垂不朽，永垂不朽之哭我穆雷！

【注释】

① 蓝鸡：美国特拉华大学的校徽标志，是特拉华大学的吉祥物。

② 夭桃：该大学所在的特拉华州的州花是桃花，特借以"夭桃"表达"桃李芬芳"之意。

哭金海①

哭我金海兮望乎官塘，官塘惶惶之凄凄断肠！

哭我金海兮想乎兵营，兵营泣泣之嘤嘤深情！

哭我金海兮忆乎沙特，沙特遥遥之振振高德！

哭我金海兮殇乎寒冬，寒冬凛凛之亲亲弟兄！

哭我金海兮哀乎友窗，友窗茫茫之呜呜京江！

【注释】

① 张君金海，为江苏镇江市丹徒区官塘桥人。早
　 年当过兵，又曾经在沙特、科威特等中东国家
　 工作。

贺《教育规律读本》^①出版

泱泱华夏兮华夏泱泱，千秋万代之教育堂皇。

茫茫学海兮学海茫茫。千辛万苦之教育苇杭。

冰心晶晶兮晶晶冰心，千文万化之教育日新！

累累岁月兮岁月累累，千同万和之教育无类。

旦旦人生兮人生旦旦，千呼万唤之教育至善！

莘莘学子兮学子莘莘，千花万朵之教育依仁。

熠熠黉宫兮黉宫熠熠，千思万想之教育游艺。

元元德道兮德道元元，千规万矩之教育方圆。

谆谆诲育兮诲育谆谆，千顾万眷之教育树人！

猷猷^②今夕兮今夕猷猷，千情万爱之教育凝眸。

【注释】

① 《教育规律读本》：被评列为《中国教育报》
   2019年度教师喜爱的100本书。

② 猷猷：段玉裁《说文解字注·犬部》："今字
   分猷谋字犬在右，语助字犬在左，经典绝无
   此例。"《诗经·小雅·巧言》："奕奕寝庙，君子作之。秩秩大猷，圣人莫之。"朱熹《诗集传》："秩秩，序也。猷，道也。"

染星染春

染星染春兮春风驺荡，春红妍妍之羞花含香。

染星染夏兮夏雨清凉，夏绿榝榝之灵燕翱翔。

染星染秋兮秋霞苍茫，秋黄金金之云霓虹光。

染星染冬兮冬雪飞扬，冬白晶晶之闭月暖阳。

众星捧月兮快乐健康，染情染爱之地久天长！

黄海青春

黄海洋洋兮青春茫茫，茫茫青春之蹉跎阴阳。

黄海淼淼兮青春迷迷，迷迷青春之羁绊辉煌。

黄海滔滔兮青春离离，离离青春之须臾星光。

黄海灏灏兮青春妙妙，妙妙青春之魅惑魍魉。

黄海荡荡兮青春幽幽，幽幽青春之梵呗景荒。

黄海黄黄兮年轮角门，情缘广广之可怜鹿王①。

【注释】

① 鹿王：麋鹿群居，群雌共一雄，雄为鹿王，占
   有雌鹿近三百。而鹿王晚年被禁锢独处，甚为
   可怜。

古稀感韩

因韩而韩兮慈尊双韩，双韩慈尊之家族绵绵！

因欢而欢兮慈尊双欢，双欢慈尊之胸怀宽宽。

因贤而贤兮慈尊双贤，双贤慈尊之道品严严。

因怜而怜兮慈尊双怜，双怜慈尊之心血涓涓。

因祥而祥兮慈尊双祥，双祥慈尊之高洁煌煌。

因善而善兮慈尊双善，双善慈尊之仁心丹丹。

因美而美兮慈尊双美，双美慈尊之风华斐斐。

因好而好兮慈尊双好，双好慈尊之意蕴袅袅。

因爱而爱兮慈尊双爱，双爱慈尊之薪火代代。

因韩而韩兮慈尊双韩，慈尊双傲之大韩小韩。

惜别

泱泱京华兮京华泱泱，千门万户之故国堂皇。

茫茫人海兮人海茫茫。千山万水之故国苇杭。

熠熠黉宫兮黉宫熠熠，千思万想之故国飞燚。

莘莘学子兮学子莘莘，千花万朵之故国甘霖。

悠悠岁月兮岁月悠悠，千情万爱之故国凝眸。

淡淡人生兮人生淡淡，千缠万绕之故国宵旰！

汤汤心潮兮心潮汤汤，千丝万缕之故国彷徨。

依依惜别兮惜别依依，千顾万眷之故国梦溪！

冰心晶晶兮晶晶冰心，千纵万横之故国垂馨！

京华云歌

京华春云兮无边无垠，岑楼绮丽之霓裳羽新。

京华夏云兮无垠无涯，燕山黛翠之烂漫朝霞。

京华秋云兮无涯无休，北海荡漾之青春扁舟。

京华冬云兮无休无终，苍穹遨游之翩翩云龙。

啊，京华白云……

母思

蒹葭青青兮思母心惊，

心惊蒹葭之慧鸟啼灵。

蒹葭苍苍兮思母情伤，

情伤蒹葭之杜鹃凄惶！

蒹葭迷迷兮思母魂离，

魂离蒹葭之慈乌夜啼！

君不见：

一叶一花总关情兮萱草生北堂；

一言一语总关心之金菊漫天黄！

微信采微歌

微信微信兮微微信信，采微采信之可疑可信。

微信微信兮微微信信，采微采近之可亲可近。

微信微信兮微微信信，采微采进之可退可进。

微信微信兮微微信信，采微采隐之可显可隐。

微信微信兮微微信信，采微采韵之可声可韵。

微信微信兮微微信信，采微采吝之可赠可吝。

微信微信兮微微信信，采微采舜之可纣可舜。

微信微信兮微微信信，采微采润之可湿可润。

微信微信兮微微信信，采微采问之可闻可问。

微信微信兮微微信信，采微采任之可随可任。

微信微信兮微微信信，采微采恨之可爱可恨。

微信微信兮微微信信，采微采信之可微可信。

微信采风歌

微信微信兮微微信信，采风采风之寻寻觅觅。

微信微信兮微微信信，采风采风之优优劣劣。

微信微信兮微微信信，采风采风之饕饕餮餮。

微信微信兮微微信信，采风采风之莺莺雀雀。

微信微信兮微微信信，采风采风之凤凤鳖鳖。

微信微信兮微微信信，采风采风之蜂蜂蝶蝶。

微信微信兮微微信信，采风采风之轰轰烈烈。

微信微信兮微微信信，采风采风之凄凄切切。

微信微信兮微微信信，采风采风之呜呜咽咽。

微信微信兮微微信信，采风采风之盲盲灭灭。

微信微信兮微微信信，采风采风之年年月月。

微信微信兮微微信信，采风采风之旦旦夕夕。

微信微信兮风花雪月，采风采风之绵绵不绝。

往事非烟

感恩友人兮往事非烟，迢迢奔波之京口寻鲜。

感恩友人兮甘露芳馨，纯纯敦厚之大中倾心。

感恩友人兮无欲无求，恬恬淡泊之自成风流。

感恩友人兮水远山高，静静熠耀之风色绝骄。

感恩友人兮半世拥逢，心心珍爱之淡云清风！

如如^①歌

如如之旦兮如如之夕，日月光华之旦旦夕夕；

如如之日兮如如之月，日月光华之日日月月；

如如之年兮如如之岁，日月光华之年年岁岁。

如如未尽兮生生不息，日月光华之如如不息！

【注释】

① 如如：吾一生从教，有中国学"生"，也有外国学"生"，可谓"生生不息"，正与连绵不绝的旦旦夕夕、日日月月、年年岁岁的"如如"遥相呼应！

大观园漫思谣①

潇潇洒洒兮贾史王薛上演红楼梦，

真真幻幻之赵钱孙李游走大观园。

红红火火兮东南西北狂欢情人节，

轻轻淡淡之声色犬马勾留怡红仙。

寂寂寞寞兮男女老少叹惋潇湘馆，

凄凄切切之风霜雨雪摇曳黛玉烟。

嘻嘻哈哈兮雪月风花逍遥游人过，

指指点点之红紫黑白通贯三百年！

【注释】

① 宽骚体一般为九言体诗，此诗为十四言体诗，算是对汉语诗歌宽度的一种创吟极限的尝试。就汉语诗歌而言，其长度在理论上应该可以是无限的，而其宽度往往是有限的，《诗经》的四言，《楚辞》的六言、七言，律绝的五言、七言，仅此而已。

流霞飞虹

宽骚长怀兮一点乾坤，星歌云梦之两欢昆仑。

流霞飞虹兮三分春旸，龙埂铁瓮之四通京江。

高天叠彩兮五味华夏，红尘染星之六合人家。

瀛海微澜兮七宝镜湖，光华缤纷之八方天都！

星云昆仑

宽骚长怀兮离离乾坤，星歌云梦之生生昆仑。

流霞飞虹兮丝丝春旸，龙埂铁瓮之依依京江。

高天叠彩兮炎炎华夏，红尘染星之亲亲人家。

瀛海微澜兮悠悠清湖，光华缤纷之遒遒天都！

人海泛舟

销魂夺魄兮子规声声，柳岸残月之春风吻城。

夺魄销魂兮知了哄哄，荷塘清月之夏雨洗虹。

夺魄销魂兮鸳鸯如如，枫亭冷月之秋露含珠。

销魂夺魄兮鸿鹄灵灵，梅岭冰月之冬雪戏情。

春夏秋冬兮天旅匆匆，人海泛舟之云竞苍空。

别魂

浑然销魂兮唯爱而已，夫妻伤别之难舍难离。

悠然销魂兮唯情而已，情侣痛别之难分难继。

欢然销魂兮唯色而已，男女少别之难改难移。

黯然销魂兮死生而已，生人永别之难问难疑。

蝶醉蜂迷

蜂游蝶舞兮花花世界，花花世界之招蜂引蝶；

蝶恋蜂缠兮花花连连，花花连连之蜂迷蝶恋；

戏蝶游蜂兮花花翠翠，花花翠翠之蜂狂蝶醉；

蜂迷蝶彩兮花花煌煌，花花煌煌之蝶粉蜂黄！

二十四节气歌

节气者，时令也。古今以来，节气诗歌无以尽数，今特以宽骚体异而别之。

之一：立春

立春欣欣兮欣欣立春，茗月镜台之天地回春；

春幡袅袅兮飘飘舞春，半柳半梅之一枝飞春。

之二：雨水

雨水淅淅兮淅淅雨水，媚君①润泽之青山绿水；

水云朵朵兮潾潾云水，半开半谢之万红阅水。

之三：惊蛰

惊蛰轰轰兮轰轰惊蛰，雷公唤醒之蠖屈龙蛰；

蛰燕翩翩兮蠢蠢幽蛰，半藏半启之一朝发蛰。

之四：春分

春分煦煦兮煦煦春分，元鸟②戏蝶之桃红时分；

分香馨馨兮幽幽花分，半盈半虚之三春平分。

之五：清明

清明朗朗兮朗朗清明，拜山奠祖之梨花鸿明；

明柳依依兮煌煌山明，半寻半思之一天空明。

之六：谷雨

谷雨清清兮清清谷雨，真人③教民之仓圣粟雨④；

雨萍浮浮兮纷纷花雨，半桑半樱之百谷喜雨。

之七：立夏

立夏旺旺兮旺旺立夏，秤人寻福⑤之斗蛋⑥槐夏；

夏蛙鸣鸣兮浃浃汗夏，半红半紫之九芳染夏。

之八：小满

小满盈盈兮盈盈小满，灌浆乳熟之孕染美满；

满目登登兮悠悠意满，半青半黄之四野弥满。

之九：芒种

芒种匆匆兮匆匆芒种，糜谷荞麦之保墒催种；

种莳辛辛兮苦苦耕种，半汗半泥之三抢忙种。

之十：夏至

夏至炎炎兮炎炎夏至，蝉鸣鼓翼之祭地⑦霖至；

至阳熠熠兮烘烘熛至，半火半水之半夏福至。

之十一：小暑

小暑炀炀兮炀炀小暑，鹰飞苍天之蟋蟀避暑；

暑雨淋淋兮渐渐伏暑，半梅半雷⑧之三伏苦暑。

之十二：大暑

大暑赫赫兮赫赫大暑，群萤舞天之菡萏艳暑；

暑阳腾腾兮烘烘蒸暑，半湿半溽之一夜风暑。

之十三：立秋

立秋洋洋兮洋洋立秋，扬武歌丰之葵花金秋；

秋实硕硕兮昂昂秀秋，半冷半热⑨之一叶飘秋。

之十四：处暑

处暑淡淡兮淡淡处暑，晚蝉巢燕之蛮鸣清暑；

暑风丝丝兮轻轻谢暑，半风半露之一庭阑暑。

之十五：白露

白露迷迷兮迷迷白露，鸿雁南归之祭禹云露；

露叶晶晶兮滴滴泣露，半茶半酒⑩之八裔曦露。

之十六：秋分

秋分喜喜兮喜喜秋分，欢天喜地之天人仙分；

分菊灿灿兮明明色分，半黑半白之一日均分。

之十七：寒露

寒露凉凉兮凉凉寒露，饮菊登高之惊鸿玉露；

露桐疏疏兮萧萧英露，半凉半寒之一生朝露。

之十八：霜降

霜降寒寒兮寒寒霜降，霜叶竞红之鸿飞心降；

降化翩翩兮潇潇天降，半冰半霜之六角花降。

之十九：立冬

立冬凛凛兮凛凛立冬，卜岁犒赏之报喜瑞冬；

冬山眠眠兮欣欣猫冬，半始半藏之一净禅冬。

之二十：小雪

小雪簌簌兮簌簌小雪，枯荷残菊之寒松映雪；

雪云朵朵兮片片玉雪，半娇半媚之流风回雪。

之二十一：大雪

大雪纷纷兮纷纷大雪，封山冻河之弥天飞雪；

雪海茫茫兮苍苍鸿雪，半狂半癫之九阴萌雪。

之二十二：冬至⑪

冬至炯炯兮炯炯冬至，祭祖敬神之朝露溢至；

至阴沉沉兮滚滚潮至，半雪半冰之万汇福至。

之二十三：小寒

小寒阴阴兮阴阴小寒，游子思归之送暖慰寒；

寒风啸啸兮冰冰衾寒，半璧半玉之九天广寒。

之二十四：大寒

大寒骚骚兮骚骚大寒，迎新踩岁之天冻地寒；

寒钟轰轰兮比比破寒，半雨半雪之三冬出寒。

【注释】

① 媚君：殷商时雨神是女神，名媚。

② 元鸟：元鸟至，是春分三候之一。元鸟，又
   称玄鸟，即燕子。燕子是候鸟，春分来，秋
   分去。

③ 真人：崇祀植物谷子的自然神，后来奉后稷为
   谷神。后稷是古代周族的始祖，周人姓姬，故
   称谷神姬真人。《老子》有"谷神"一词，这
   与简化字造成的"谷神"，毫不相关。

④ 仓圣粟雨：仓颉造字有"鬼夜哭，天雨粟"
   之说。因此在谷雨时节，仓颉庙举行传统庙
   会，缅怀和祭祀文字始祖仓颉。仓颉，称为
   "仓圣"。

⑤ 秤人寻福：立夏时节，孟获依旧每年带兵去洛
   阳看望亡国被俘虏的阿斗，每次去则都要称称
   阿斗的体重，以验证阿斗是否遭受虐待。后来

演化为立夏秤人以寻求福祉的立夏习俗。

⑥ 斗蛋：立夏时节民间儿童最喜欢的玩蛋游戏。斗蛋游戏，象征着对生命的敬畏，其深层蕴含的文化内涵大概可以追溯到中国古代神话里的"宇宙蛋"和"卵生人"信息。

⑦ 祭地：《周礼·春官宗伯第三·司巫/神仕》："以夏日至致地示物鬼，以禬国之凶荒、民之札丧。"

⑧ 半梅半雷：俗谚曰：小暑一声雷，倒转做黄梅。

⑨ 半冷半热：东汉俗谚："朝立秋，冷飕飕；夜立秋，热到头。"

⑩ 半茶半酒：白露茶，既不像春茶那样鲜嫩，也不像夏茶那样干涩，而是有一种独特甘醇清香味。白露时节，各地都有所谓"白露米酒"，以庆贺丰收。

⑪ 冬至：《周礼·春官·神仕》："以冬日至，致天神人鬼。"《清嘉录》里的"冬至大如年"之说，在民间流传甚广。

重阳长城谣

重阳登高，尤以登攀长城最为醉人相思。健步踏秋，野风扑面，张臂大呼，好一种壮美气象。

登我长城兮舞乎重阳，华夏泱泱之邈邈始皇！
登我长城兮歌乎沧桑，贞妇呜呜之锵锵孟姜！
登我长城兮想乎穹茫，秦月凄凄之璨璨未央。
登我长城兮奔乎胡鞍，嘶鸣啸啸之巍巍关山。
登我长城兮听乎箫鼓，歌吹凛凛之皑皑骨枯。
登我长城兮放乎塞涯，断蓬依依之黯黯黄沙。
登我长城兮叹乎华戎，玉嶂遥遥之侵侵芳容。
登我长城兮望乎高阙，金徽熠熠之晶晶明月。
登我长城兮怀乎故乡，重阳高高之洋洋飞觞。

卷二　星歌云梦

北极云思

2018 年 5 月 19 日，北京直飞纽约的航班，北极云空，遥想明天在纽约的演讲，心潮翻滚，浮想联翩。

浩宇云思信天游，星歌霞梦舞蹁跹。

北溟浩渺荒寒极，竞骑鲲鹏追霞烟。

扶摇吹天九万里，潇洒傲人一瞬天。

高天流云北冰洋，心海催浪南华缘。

半世诗心半世情，明天纽约弹新弦。

纽约五二〇

2018年5月20日，五二〇是汉语的一个特殊的令人喜悦的谐音时日——我爱您。纽约：诗、远方、知音，一个令人羡慕和想象的日子！

爱您爱您我爱您，远方知音心心牵。

正是纽约五二〇，女神催心花阑珊。

神州半世倾心歌，纽约一席知音谈。

北溟扶摇神中神，南华潇洒仙外仙。

华美九万象诗梦，韩诗一片雨花繁。

金陵八八八

环球东西大相逢，放怀古今催新花。

纽约歌诗五二〇，金陵畅梦八八八。

东华依象笑沧桑，西风凭语融天达。

中文鼓呼华夏风，大使亲善功义塔。

但愿寰宇识华文，长空云浪映天霞。

云鸥西洋

祖国东海朝阳，大西洋岸夕阳，玩玩扁舟，吹吹洋风，喝喝啤酒，踏踏沙滩，望望云鸥，有一种淡淡远远的感思。

夕阳朝阳何所望，一袭长影大西洋。

情人恋人何所想，一点香吻大西洋。

山浪峰浪何所玩，一叶扁舟大西洋。

天洋云洋何所爱，一羽云鸥大西洋。

地球好似村连村，东洋西洋大洋洋！

云水天芳

在天为云，在地为水。云映水，水裹云，云水之间，是一种情，是一种恋，是一种无休无止无穷无尽的缠绵。

天云地水缠绵情，云水亘古随万方。

天俯地仰雨霏霏，云逗水羞花芳芳。

匆匆飞云时时急，汤汤流水缓缓凉。

危楼触天白露远，高秋映云长风翔。

万里长江万里云，云追水逐何彷徨。

人生如梦云戏水，几度云水可歌觞！

韶华云梦

仰观于云，俯视于水，云水之间，无非忘情忘世忘却滚滚红尘而已。

仰云平添双飞翼，俯水犹在人世间。

孤云空山花自谢，翔鱼碧水向谁欢？

菩提绿树恐非树，弥漫红尘醒世媛。

青丝绾云争韶华，红颜映霞逗秋千。

夜雨断桥青云梦，春红叠乱笑弹冠。

青灯黄寺染红泪，爱丝情缕尽风烟。

一片笙歌心远处，朦胧云水独依阑。

友生从来问大道，鹤鸣九皋可识天？

老屋云祭

弱冠远游大天地，原乡梦飘云水烟。

小秋中元大牛来，老屋天井无有栏！

荷塘水漂涟漪远，关河柳垂烟花繁。

鸿蒙缥缈儿时梦，寂寞寥廓人世间。

星移斗转寒暑往，耳提面命慈严环。

谁忆枣树扑相思，应知何处哭盂兰？

飘叶吻风

可怜人生无四季，落叶无憾待春风。

云叶飘零可问秋，一片一片总关情。

风动飘叶变寒蝉，夕阳衰柳长短亭。

霜生飞叶催鸿雁，碧云长空玉露零。

谁知一叶动天下，飘叶吻风叹精灵！

京途云思

京途云思江河水，黄粱黄粱可唏嘘。

云龙伴客十八春，咿咿呀呀笑童趣。

春夏着意观天街，姹紫嫣红奔云去。

秋冬无心登长城，青蓝紫朱仰月聚。

青春苦海海无舟，夕阳乐山山有侣。

一生南北东西客，客今客古客天旅？

龙针醉饮

淅沥一夜桃花雨，恍惚几度杏花仙。

含饴弄孙无问事，岘里人家演茶缘。

竹海碧波银杏湖，叠嶂翠峰云茶山。

白云小憩锦鲤跃，清风随意亮月圆。

龙针一壶尽醉饮，天鹅舴艋戏湖湾。

书房云迁

一砖一砖盖大厦，一书一书筑书房。

南来北往小文童，东奔西走大书郎。

帝都锦绣歌云远，京江浩渺舞帆航。

春萌有情无所寻，秋风无意有时狂。

梦溪曾圆杭人梦，山乡水城听鹂窗。

新茗旧事任心飞，金泉流霞漫大江！

玩水西洋

大江滔滔弄潮儿，大西洋畔我是谁？

赤脚踏洋好玩水，长影随行洒金辉。

冉冉红日浴水高，层层雪浪乘风吹。

远帆邈邈欲何往，海鸥翩翩逗潮飞。

潮起潮落潮潮新，放歌拾贝可忘归？

芳水谣

一江东水向春流，桃水梅水涟漪水；

一江南水向夏淌，萍水鹭水芙蓉水；

一江西水向秋奔，瑶水玉水惆怅水；

一江北水向冬吼，白水黑水沧溟水；

东南西北万方情，晓水悦水女郎水；

春夏秋冬千重天，媚水娇水般若水^①。

地球从来是水球，烟水云水芳华水^②！

【注释】

① 般若水：梁简文帝《述内典书》："流般若之
水，洗意识之尘。"

② 芳华水：童卝面水而居，浪里白条，赤脚大
仙；古稀面水而思，春水秋水，芳华逝水。芳
水者，芳华逝水也。中国大江大河流向往往自
西而东，然而，放眼全球，河川流向几乎涵容
所有方向。

奔骥耄耋

美城忘年赤子心，程门立雪东南黉。

明月清风品婵娟^①，熙日丽景感昊空。

诗怀风雅歌远志，泉阅溪流汇天泓。

奔骥耄耋正策鞭，涌动诗潮千万重！

【注释】

① 婵娟：人美、事美、物美，皆可以"婵娟"
  美之。

飞觞追云

东南簧宫天雨花，吾门有幸识君家。

千丝万缕三代情，万语千言一心嘉。

开怀畅聊心灵路，举杯尽赏天仙霞。

越洋昼夜连推扬，闻声华美尽远遐。

名诗句句可引醉，飞觞万里追云涯！

小商苦谣

天店无形大货网，街头有望小商墙。

可恨欺人假招摇，断水断电断天良。

血汗房租几十万，一觉醒来竟空囊？

买衣售裳寻微利，望开门店望断肠！

云龙舞象

三生有幸读古彭，八方无趣穷文言。

读读教教无所乐，日日登攀云龙山。

九曲黄河九亭峰，万串红榴万家缘。

秋风放鹤说苏张，云龙舞象流曦晗。

落日游影兴化寺，禅月弥声穹昊天。

华年无怀锦瑟梦，一步云龙半步欢！

新元春华

　　冬春，阴阳之交，生命之变。古人有言：冬者，终也。春者，蠢也。新年之始，阴阳感互；蠢蠢万物，熠熠星汉；滔滔京江，滚滚红尘；慨当以歌，恭贺新元。

　　滚滚红尘新元春，蠢蠢含灵朝天阙。

　　京都从容天坛望，悠游浮玉伽蓝榓。

　　红尘寻味春华梦，烟花虚映婵娟月。

　　铁瓮关河登仙桥，浮屠荷塘梅芳雪。

　　柳唤春醒蝶恋花，云随水飘花恋蝶。

　　人生纵情未央欢，长歌拥吻无尽悦。

　　谁家金乌催日新，一曲竞春新天越。

　　人生无羡万古梦，几多春深芳魂灭？

悬壶咏叹

冥冥之中，看似溟溟蒙蒙、混混沌沌、莽莽苍苍，其实可能暗藏着一种玄机、一种契机、一种天机，这可能就是命运！

娑婆世界溟蒙天，天机混沌敢盘桓？

生生有子高高望，生生有女期期盼。

有女有子一个好，文武双全攻天难。

人生处处争日月，杏林日日花枝繁。

名利从来虚空梦，悬壶一任雨露沾。

人生大演咏叹调，但愿福泽润宇寰。

天山书郎

新元喜从天山来，意马文化大讲堂。

世业三百六十行，大道高天任驰翔。

云水邈邈浪逐浪，名利熙熙滂流滂。

龙龙凤凤春华梦，苍苍茫茫天山乡。

微信牵手你我他，可爱新大小书郎！

奔牛

春色几许画意深，东君催绿惹春心。

玉犬吠春春又回，天上人间万象新。

卓卓高意寓奔牛，浓浓深情可颂吟。

故人相逢笑南柯，挹舀大江洗红尘。

茆屋犹惊春色远，风舞长柳喜牛奔！

区区款款

日日相思何所思，翘首云龙那片云。

秋风吹忆钟鼓楼，大同依旧文学亭。

京口区区几尺布，古彭款款一身情。

麋黎幡幡羡鱼谈，耄耋巍巍策杖行。

浓情合欢三珍堂，但祝代代望大兴！

古诗杂拌①

白日依山尽，君生我未生；

黄河入海流，我生君已老；

欲穷千里目，君恨我生迟；

更上一层楼，我恨君生早！

【注释】

① 两首古诗，各有其迥别的诗境、诗象，将其顺
序组合而建构新的诗境、诗象，这是一种诗歌
创作的新尝试。

宜开吴越

五峰逶迤福瑞祥，圌山跃腾神鬼仙。

宜侯矢簋开吴越，龙骧虎视惊圌关。

一部字典①歌汉魂，千首美诗颂圌山。

书香宜地融融乐，阅读悦美怡怡欢。

宽骚长怀圌山颂，吴歌一曲催天澜！

【注释】

① 字典：即《康熙字典》，其主编张玉书故居位
于圌山附近。

江春潮思

半世茫茫惊回首，江春潮思云水烟。

青春一串水泥船，漂江过河黄海滩。

大田无垠恨流云，汗血有痕梦乡关。

捉鳖揽月斗天地，牧马放羊觅野餐。

翘首洋槐三春红，赤脚干河九冬寒。

江春般若芳水流，年年三月动心澜！

春狂

春来何所往，玉兰窈窕窗。

春来何所爽，黄花肆意香。

春来何所涨，舟帆悠游翔。

春来何所赏，深情溢满江！

春来无所惘，直欲放歌狂！

阅江春分吟

阅江春分花世界，云浮萍漂天地游。

人生追梦江河海，万川逝水向春流。

石桥登仙小野竹，天塔飘云大洋舟。

柳绿江清黄花影，桃红松翠水杉鸥。

春分平划大乾坤，谁可从容赢天酬？

凡人仙缘

儿小听闻白娘子，如今可游娘子园。

法海忘义佛而魔，天上人间妖仙牵。

水漫金山大斗法，翻江倒海为许仙。

千年浩叹白蛇精，万古流芳人仙缘。

鸳鸯任戏金山湖，从此仙境在眼前。

天涯渡客

春色尽望高丽山，万川奔波扬子江。

楼船几许争江渡，悬虹从来竞天翔。

翠芽漫饮夕阳红，布谷含情鸣晓窗。

碧空云帆可极目，江春花月引远航。

天涯渡尽天涯客，芳草无人惹天香。

元旦感新

感慨于生命，感慨于新元！

人啊人：

天仙天神人啊人，

生而为人唯一回！

缘啊缘：

缘来缘去缘啊缘，

一朝一夕又一回。

爱啊爱：

云飞云涌爱啊爱，

一元一新再一回。

花啊花：

花开花落花啊花，

一生一世采一回。

啊，元旦！

红尘魂

红尘有梦红尘魂，长河无心长河云。

浮玉傲岸六朝松，世间早无当时人。

飞云流霞星月梦，饮酒欢歌桃花村。

浩浩瀚瀚大时空，熙熙攘攘小子孙。

鲍鱼沙丘晓祖龙，倒骑毛驴成仙神。

人生苦乐寻常事，何须窥破红尘人。

渡思①

渡口待渡，若有所思，人生若渡也！

人生若渡江河海，一步空空步步空。

昊穹渡云润苍翠，云散云涌云从容。

鹊桥渡情会牛女，情深情浅情朦胧。

佛海渡道泽僧尼，道遐道迩道溢融。

尘寰渡人浣灵欲，人聚人远人飘绒。

【注释】

① 度与渡，古人以为是假借关系。愚以为，度与渡，都具有"由此及彼"的意义，可以认为"渡"是"度"的一种分别字或古今字。

丝雨

琼宇泛彩追霞云，紫薇燃红催芳菲。

几许微风鸣清鹂，一夜丝雨润翠微。

曲桥蜿蜒映溪影，柳丝婀娜逸香梅。

江潮无意悠悠涨，玉兰有情纷纷飞。

借问婵娟何所往，彩伞舞道赢春归！

新疆美望

　　新疆之大，有三山两盆，千河百湖；新疆之真，有瑶池雪海，峡湾冰川；新疆之美，有瀚漠夕照，天山雪莲；新疆之奇，有丝路雨花，胡杨铃驼。

　　随园桃李一枝春，天山雪莲金凤凰。

　　三山两盆鬼神斧，千河百湖鱼雁乡。

　　瑶池雪海云仙影，峡湾冰川霓霞光。

　　楼兰娥月牛角笛，丝路雨花胡姬娘。

　　瀚漠夕照朵巴花，胡杨铃驼玫瑰馕。

玉霞饮问

天亭闲看金陵晚，日暮秦淮问酒家。

红尘滚滚八艳空，依稀歌女听琵琶。

黄粱美美一觉醒，残阳西风吹蒹葭。

蓝月幽幽三江远，魂牵梦绕泣胡笳。

白云飘飘九龙飞，芳草烂漫望天涯。

黑夜茫茫五情深，点点滴滴饮玉霞①。

夤夜楼高好独饮，酒色星空梦奇葩。

【注释】

① 玉霞：流霞，美酒的代称。

谁捆山河

三国东吴孙权建都京口（江苏镇江市），为铁瓮城；赤壁战后的公元211年将首都由京口迁至秣陵（今南京），建石头城。吊古伤怀，可为唏嘘！

古宜豪放捆山河，京城铁瓮醉吴宫。

甘露一字狠石谋，赤壁熊火耻曹公。

六朝金粉清凉地，龙盘虎踞谈笑空。

晚霞残照燕王柳，春梦烟花几瞬红。

谁骑日月捆山河？云飞云扬云从容。

国门新望

天下首邑[①]大兴美，凤河石桥小天乡。

溶溶月色染盛世，熠熠日华尽大荒。

漫漫云浮双柳树，呦呦鹿鸣瀛海庄。

五音大鼓昆仑石，空港新城耀天煌。

新春新望新国门，更迎万方共霞觞！

【注释】

① 天下首邑：北京大兴区古称天下首邑，如今则
为首都新国门。新年伊始，喜望新国门，宏阔
壮美，气吞万里。

茗月镜台

　　大寒骚骚，骚骚大寒，大寒尽处，即是立春。
此时，枯荷深深；彼时，谁可曼妙舞青萍？

　　大江奔涌忘寒水，微绿星星小红亭。

　　骚骚大寒江海门，袅袅春幡柳梅明。

　　飘飘舞云兼葭絮，姣姣亮月江鸥瀛。

　　塔影江树可歌处，枯荷深浅斜桥听。

　　茗月镜台春趸近，谁可曼妙舞青萍？

男女八卦歌①

男人是天，女人是地；

男人是女人的天，女人是男人的地；

女人无天可叹鸿，男人无地难自容！

男人是雷，女人是风；

男人是女人的雷，女人是男人的风；

女人无雷厌黛眉，男人无风泣鹏飞。

男人是水，女人是火；

男人是女人的水，女人是男人的火；

女人无水丧心魂，男人无火朝天昏。

男人是山，女人是泽；

男人是女人的山，女人是男人的泽；

女人无山作花囚，男人无泽渴死牛。

【注释】

① 男女性属取《周易》卦象意：乾：天、父；坤：地、母；震：雷、长男；巽：风、长女；坎：水、中男；离：火、中女；艮：山、少男；兑：泽、少女。

悠悠歌

悠悠岁月悠悠情，悠悠天地悠悠客。

悠悠洒洒桃花雨，清清悠悠半夏荷。

匆匆悠悠红枫云，悠悠扬扬白天鹅。

悠来悠去悠悠意，一生好唱悠悠歌！

我要上哈佛

我要上哈佛，开开心心叫。

我真上哈佛，嘻嘻哈哈闹。

我就上哈佛，华华美美妙。

我上哈佛了，小娃三岁笑！

渡江

今日渡江川，焦山佛学堂。

明日飞星空，新疆大讲堂。

一生两袖风，万方亮心堂。

潇洒迷人时，最爱站课堂！

偶遇

焦山妙渡红尘梦，相逢一笑客何来？

今生不遇来生遇，徜徉恍惚追梦怀。

来生不遇今生遇，迟疑彷徨可徘徊？

意马奔欢心天潮，云水两忘逍遥孩！

端午江舟

人间自有千般苦，苦尽甜来万种乐。

天坛故宫颐和园，长城自有望京乐。

金山焦山北固山，长江尤有听涛乐。

九天流云漫空飘，一江东水奔海乐。

西洋万里远舟梦，东洋咫尺比邻乐。

江河湖海羡方舟，神华充盈观天乐。

无想曲

人生驹隙长思想，思金想银何张扬！

人生如梦长思想，思官想爵何辉煌！

人生如戏长思想，思今想古何凄惶！

人生几何长思想，思情想人何迷茫！

请君听我歌无想，云飞水漂可追详？

芳邻楼高

碧水荡映江洲绿，汽笛催饮古渡舫。

悬桥索虹舞青云，长柳邀月送夕阳。

大江奔海星帆远，高楼耸天云羽翔。

极目穷远无限意，芳邻楼高好观江！

藕花羡观

清夏羡观藕花媚，碧水萍浮花云辉。

舴艋舟欲开浪欢，菡萏莲心肆意窥。

玉裙款款撩花羞，美荷亭亭迷云归。

藕花深处何可悟，点点相思点点飞！

舟遇

　　长江，号称黄金水道，巨舟或溯游而顺下，或溯洄而逆上，舳舻相逢，蔚为大观。

　　云帆争飞黄金道，一江天水何从容。

　　舟人有意渡南北，舳舻无情流西东。

　　仰洄逆溯朝天门，望游顺溯惊海虹。

　　楼船得意傍窗过，日落日出奔天穹！

天吊

一江尽泛万舟远，天吊海舟相映虹。

夕阳依依留余晖，星河沉沉醒碧空。

汪泓恨水一点静，清夜梦露几多浓。

最是令人迷幻处，天吊一夜飞九重！

暮色礼赞

朝看飞霞暮看云，朝朝暮暮叹江东。

大江暮色不忍看，上帝玩舞万花龙。

缤纷花霞远天色，斑斓云影九天穹。

绿柳依依映余晖，碧波粼粼一江虹。

醉美江天赞暮色，正是人生美艳浓！

浴雪待渡

天云地水缠绵远，雪空人静古寺亭。

又是一年新雪飞，岚峰浴雪洗空瀛。

迷茫江望独待渡，几羽雪鸥翩翩迎。

万盏红灯连云意，一湾泮水化雪情。

银杏沧桑茕茕远，雪猫随影可启明。

忽闻梵呗潮音近，抖落松雪谁扬灵？

雪染梅台

晨曦朦胧漫天雪，远客翘首待渡开。

四野雪深无人迹，八荒晨醒有鸟来。

江鸥翩翩舞天雪，龙舟蒙蒙破浪霾。

学僧更有立雪意，雪染梅香好登台。

西猫逗鱼

　　猫和鱼往往是一种食者和被食者的恐怖关系，而某个视频里的西猫和鱼却是一种快乐的玩伴关系。

　　自古天性猫食鱼，如今西猫逗鱼闹。

　　花猫凝眸引鱼跃，锦鱼欢悦环水绕。

　　鱼儿悠悠戏跳吻，西猫羞羞退后逃。

　　垂涎滴滴可恨水，几番挑逗鱼问猫。

天莲赢湖

叶绿春风有情欢，荷红夏露无意香。

天莲赢湖清清媚，白鹭熏风翩翩翔。

芳心天真荷欲语，星津荧惑莲梦郎。

结亭凌波寻晚照，有美一人水一方！

云花歌

春花有怀，流云有感。

苍天飞云何处去，大地春花为谁丽？

云飞云影云无踪，花开花香花有意。

花香有意盼云影，九万云天叹迢递。

云影无踪逢花香，八方花海怨寥寂。

人生何须问沧桑，一花一云一朝夕！

卷三 流霞飞虹

访春万国

流霞飞虹九彩天，春风日映旌旗辉。

万国瞩目海龟湾，全球闪耀联大徽。

铸剑为犁和平钟，玉帛干戈推轮回。

醒世地球止战枪，惊梦红尘人性归。

偶坐迪厅①观东河，逝水流年可回暧？

【注释】

① 迪厅：即迪拜为联合国总部免费修建的观览东
河的豪华厅馆，简称为迪厅。

春诗烂漫

世界诗歌日，特赋诗以贺。

诗花烂漫唤东风，山鬼离骚歌女娲。

夜雨沐红灵香浮，柳丝引蝶美酒家。

一夜春雨一夜情，零落玉兰天女花。

今日春分谁得意，千红万紫歌诗嘉。

白鸽翩翩染眸远，寰宇灏灏满天霞。

星月遥想

遥想金陵星星月，一剪长影大西洋。

呱呱坠地唤女神，倏倏腾天傲美乡。

巧笑倩盼染人欢，灵丽稚美散花香。

从此尤爱美人鱼，华美共欢乐天翔。

万方娉婷

人间最美星月天，越洋飞海奔金陵。

一月一月盼一月，一星一星望一星！

星星月月天天恋，月月星星日日情。

谁家有女染星月，万方世界赢娉婷。

踏春寻仙

风染春绿桃花红，云纵水欢神女娲。

红尘滚滚人如潮，云气飘飘谁仙家？

金盏银台天使泪，冰清玉洁女人花。

凌波拂红笑江梅，越涛撩云欺春霞。

幽幽风情一勺水，亭亭瑶台几香芽？

吴云楚水洗凡心，谁赢水仙伴天涯。

丹心追魂

熙熙攘攘人间世，纷纷若若几片云？

千年此地开金刹，南梁民风流蔚今。

大千世界大舞台，谁有歌舞动乾坤？

无可奈何花落去，奈何桥上可追魂？

游观伤怀大圣寺，一片丹心金陵春！

伽蓝泮水

天水浮玉扬子江，逍遥奔腾游海龙！

碧霄鸿鸣深秋尽，长衢枫燃玉霞红。

蒲扇飘叶黄金道，泮水映辉伽蓝簧。

重重圆门锁三秋，幽幽亭桥罞九泓。

愿君登望千佛塔，万紫千红寻秋踪。

窗开风鸣大江来，云飞云飘云从容！

迁喜

欢燕喜莺大乔迁，雕梁辉映醉新房。

喜事逢春人神爽，春歌好伴酒花香。

酩酊豪饮同窗酒，慷慨畅叙金陵乡。

海棠馥郁春秋色，蝶兰芳华金玉堂。

遥看长河落日圆，恰闻儿女歌月窗。

小放牛

桃红梨白小放牛，吆喝春风放伶仃。

丝丝絮絮梧桐影，点点星星蓝花萌。

冬尽犹有料峭意，春温偶吹和熙风。

桃红阅川凭鱼欢，柳绿催鞭走牛耕。

得意横笛小放牛，望空纵情喊几声！

青春云飞①

　　泱泱大国，巍巍长城，悠悠岁月，绵绵汉字。一撇一捺一种顶天立地的风骨，一字一画一首缠绵悱恻的诗歌。因以歌之：

　　青春云飞人人歌，悠悠岁月字字狂。

　　一撇一捺构世界，一字一歌乐九觞。

　　泱泱大国汉字魂，莘莘学子歌诗扬。

　　大德大爱大全意，尚能尚美尚馨香。

　　我借扬中一片云，送爱送情送万方。

【注释】

①　江苏省扬中市"大全杯"中小学生汉字听写暨古诗词大赛中学组观评现场有感而作。

春雨牧童

一夜春雨润天蓝，杜鹃声声唤花红。

微风轻拂柳丝嫩，丽日乱映美人容。

彩伞洋洋玩潇洒，曲桥弯弯说峥嵘。

几缕云烟追春远，杏花深处听牧童。

日月竞骑

日月天行谁驾骑？春夏秋冬好分明。

小雪翘晴塞鸿远，枫丹杏黄正飘零。

流年匆匆疑霜鬓，韶华澹澹可聚萍。

白云无心萦翠微，兼葭有意影泓渟。

深庭何必笑南柯，几多落叶几多情。

竞骑日月掬烟霞，浑洒玲珑满天星！

蝉鸣

青云随伴好得意，一路欢歌清风追。

出梅三日九阳火，入禅一分五湖水。

几许柳风随蝶舞，一路蝉鸣引鸥飞。

佛塔浮玉飘帆远，曲水流金映碧微。

摩崖时刻观沧澜，鹤隐深处藏诗晖。

悠悠苍天悠悠心，乌兔竞飞谁赢亏？

天涯骚客

秋夜听《寞》，长箫独奏，如入幻境，令人情不能已。

云涯芳草谁知音，长箫声声动心房。

梦幻箫音一独寞，孤寂何处说彷徨。

深宫怨妇疑心曲，天涯骚客怀苍凉。

翛翛①羽音②印净禅，悠悠心箫吹云裳。

仙鹅浮渌粼粼影，鸿雁撩云翩翩翔。

相思江湖红尘缘，夜曲寂寥梦黄粱。

【注释】

① 翛翛：象声词，如苏轼《舟行至清远县见顾秀才极谈惠州风物之美》诗："江云漠漠桂花湿，海雨翛翛荔子然。"

② 羽音：以物象而言，羽水相属，羽调如水之微澜，清幽、柔和、哀婉。

童心孔怀

金木笑谈水火土，随时好学催放电。

浓茶品饮论教育，初秋夤夜好激辩。

志道据德乾坤意，依仁游艺天人变。

通洋晓中友朋情，外教内省师生链。

童心父子笑孔怀，携手同行八宝殿。

冬情乡愁

冬月零落万木枯，天毫香墨透乡愁。

碧空当歌催云雁，茅亭对酒壮遨游。

绵绵巍峨峭峻峻，丛丛葳蕤情柔柔。

何当天涯追春归，饮尽流霞舞扁舟。

晨悟

清寡淡白烫米饭，乌兔云飞送流年。

慈母曾为神仙汤，如今翻作垂人涎。

望眼留欢鸥帆远，闲心逗乐猫蝶嫌。

花花乐乐大世界，饕餮何如神仙面？

有樾感怀

大千世界识字人，寥寥无几可谈樾？

梦溪无意叹寄奴①，天牛有情歌含樾②！

老屋征拆可立新，从此豪宅当有樾③！

寻常陌陌寻常心，登高何望江山樾？

【注释】

① 寄奴：故乡镇江有两位历史人物在辛（弃疾）
词中留下了深刻的印记，一是"生子当如孙仲
谋"的东吴大帝孙权，一是"寻常巷陌，人道
寄奴曾住"的刘宋开国大帝刘裕，小名寄奴。

② 樾：第一层意义是，指作为行道上的树和相向
而交的树；第二层意义是，树的作用：遮荫；
第三层意义是，由遮荫的自然性而延伸为人文
性，则为庇护；第四层意义是，由庇护动作性
而延伸为其结果性，则为造福。

③ 豪宅当有樾：数十年前时识樾者寥寥无几，
而现在樾字已经成为中国房地产的一个时代
印记，令人不胜唏嘘。

舞象歌扬①

巍巍泱泱大中华，奇奇妙妙汉字乡。

一撇一捺成巨人，一字一画歌清扬。

大千世界大全意，万方乾坤万鹏翔。

我爱扬中好学子，长风破浪耀国光！

【注释】

①　江苏省扬中市"大全杯"中小学生汉字听写
　　暨古诗词大赛小学组观评现场有感而作。

灭火毯

闻客首善来，关爱送上门。

几句问候语，三冬暖心温。

一张灭火毯，四季平安人。

北京欢迎你，馨香天下闻！

色的释放^①

释放我的红，耀闪你的瞳。

释放我的黄，惆怅你的狂。

释放我的蓝，颠覆你的烦。

释放我的白，阔空你的霾。

释放我的黑，模糊你的悲。

黑白蓝黄红，色难色易同！

【注释】

① 与友于北京蓝色港湾小坐，匆匆来去，情深意
长。"释放我的红"广告词留下了深刻印象。

窈窕云路

青春好作京华梦，人生从来山海经。

双鹤窈窕寻云路，默牛崎岖踏华亭。

风花有意送春回，云水无痕通天灵。

一枝春引惹花怒，云姹霞嫣染心惊。

龙埂遥望登仙桥①，神舟可驾追天星。

【注释】

① 登仙桥：故乡京口北固山，原名北顾山，三面
环江，山脊有路曰龙埂，山下北水关有桥曰登
仙桥。

冬至胡杨魂

　　胡杨树三千年，生而不死一千年，死而不倒一千年，倒而不朽一千年。始识胡杨，感于胡杨之魂，遂为之歌。

　　君记否：

　　天苍苍，地茫茫，阳烁烁，阴森森；

　　两千五百万年前，天禽献飞胡杨魂。

　　生而不死一千年，风沙冰雪绿霄云；

　　死而不倒一千年，叶尽干枯傲昆仑；

　　倒而不朽一千年，雪岭冰河笑乾坤。

　　胡杨悠悠三千年，一寸光阴一寸心！

戏风吹樱

青阳景风四月天，白云映湖海棠红。

汉服逶迤美人谷，唐装浪漫樱花丛。

戏风吹樱满山雪，流云寻蝶问花踪。

邂逅无论你与我，花开花谢花从容！

嬉逗天娇

冬日暖阳踏兴来，氤氲岚山紫气飘。

曲桥红枫映碧水，回廊白石听歌箫。

珍珠湖畔珍珠亭，野花野草野闲猫。

旗袍婵娟竞婀娜，流云轻舟追逍遥。

染星无意任人欢，可抱可嬉逗天娇！

梦忘

忘的极致，在于心，在于淡，在于水，在于云，淡忘若水无痕，淡忘若云无心。

天玄地黄云色心，蝶恋花飞谁情钟？

江河入海涓涓情，云霞飞天翩翩虹。

痴情懵懂无爱梦，情深情浅情朦胧。

满脸红云桃花开，疑似旧人紫云踪。

忘川从无忘情水，几多情梦几多空。

最江南

　　镇江最为恰当的代称就是最江南，可以乾隆皇帝为证。乾隆在位六十年，六次下江南，皆驻跸镇江。

　　　　十年一度江南梦，乾隆六下最江南。
　　　　危楼观日傲岱岳①，吸江吞海鸥鹰旋。
　　　　双峰晓岚漫江碧，御碑亭廊孕文澜。
　　　　横海大航定慧寺，清波涌浮璞玉田。
　　　　古刹晚钟送夕阳，簧宫梵呗催云天。
　　　　月染华严樾荫槐，松影山门飞灵仙。
　　　　心灯伴读寒窗僧，书山佛海天赐缘。

【注释】

① 清代名士齐彦槐《吸江楼》："东望海漫漫，扶桑涌一丸。曾登岱岳顶，不及此楼观。"

莲花颂

以花命地市，古今以来，唯有莲花！莲花圣洁，以喻佛心，以明佛性，以称佛祖，以入佛境。

莲花礼佛禅意深，亦步亦趋九莲台。

莲花礼佛禅心静，似影似幻八极垓。

莲花礼佛禅灯明，如来如去天街开。

莲花礼佛禅音远，莲心莲色谁编排！

莲花好作芙蓉寺，莲路莲山白莲怀！

礼佛参红

莲花佛光唯则远，安源星火一点红。

一行拥释踏青云，几番虔诚顶礼隆。

大千世界工农兵，催发八垓花芙蓉。

心随梦远九莲台，礼佛参红仙人同。

萍乡印象

莲山莲花莲天地，人杰地灵叹英雄。

莲花血鸭辣天下，覆地翻天煤矿工。

多少佛光可思远，几点星火染天红。

斑驳光影西洋楼，恍惚陆离大白宫。

蜿蜒曲折盘山道，长龙亢越高铁通。

憧憬洋洋打工妹，梦诗翩翩出山冲。

日出红云任意远，武功天象道佛融！

斜桥乡云

长江一串水泥船，驳岸半夜黄海边。

不明不白"土耳其"①，非城非乡赤脚仙。

十年滩涂洗清纯，一朝俄语望云烟。

人生不知何从去，嫩芽新雨梦参天。

书生从来谈笑梦，归去来兮何耕田？

梦溪斜桥乡思云，何必飘飘五十年？

【注释】

① "土耳其"：下放农村农场的知青，被留在城里的人戏称为"土耳其"。

萍乡街头

仁者，二人也，人与人之谓也。"不要和陌生人讲话"，有一点防范警惕的意味，然而更大的智慧是敢于尝试，善于识别，化陌生为友善。

手机一丢如丢魂，匆匆急急小姑娘。
找来找去找无奈，寻来寻去寻彷徨。
好心劝慰唯从容，热情打探问短长。
一样陌生偶遇人，几多友朋热心肠。
爱心满满爱人人，仁风浩浩叹寻常。

数名歌怀

青春云霞江湖梦，半世古稀聚沧桑。

归去来兮无所歌，舞立金秋谁望洋？

家福家隆追新元，小平小毛可代双。

金泉丰年应祥禧，世瑜宏言正景荒。

宗新谦成佑天福，宝智修富共庆堂。

兰英凯娜琦晋川，桂娥兆萍耘贵芳。

福友常明耀圣玉，镇中镇生大宗祥。

人生无意羡夸父，竞掬烟霞追夕阳！

夜飞

秋好南国群英会，空客情深踏星虹。

嫦娥奔月神华夏，神舟遨游笑悟空。

翔鹭惊云冲天浪，蓝鸡鸣空正逸东！

飞天婵娟舞烟霞，谁是玉皇逗苍穹？

秦淮梦远

华梦寻醉夜秦淮，美日偶等水城游。

夕照有意乌衣巷，天烛无心白鹭洲。

熙熙攘攘催人潮，叮叮咚咚引车流。

繁星无奈灯影红，贡院遥映状元楼。

隐约微冬无人识，长裙随飘几残秋。

羽衣霓裳歌梦远，忍向功名说悠悠！

夜宿黄坦洋

南萍黄檀连古道，颠簸蜿蜒到大泛。

刘阮遇仙尽闪婚[①]，惆怅溪畔相思淡。

清溪桃源悄悄梦，白云红枫悠悠看。

依稀古道[②]恍惚客，仙人相遇可浪漫？

【注释】

① 刘阮遇仙尽闪婚：天台是刘阮桃源遇仙地，刘、阮二人迷路遇仙，当晚刘、阮二人即与所遇仙女成婚，可谓闪婚鼻祖。

② 古道：黄南古道，又称南黄古道，各取黄坦（黄檀）、南屏（南萍）前字而构成。

游南黄古道

依山傍涯走羊肠，九曲十弯绕南黄。

鹰亭缈寺神鬼仙，龙潭叠瀑枫松樟。

云山惊美层层绿，霞峰催羽翩翩翔。

桃源空灵仙女瀑，天台游梦羡刘郎？

渡叶

　　冬寒昼短，长河日圆，落叶漫渡，遥想红衣沙漠，莫名感怀，油然而生。

　　朔风吹叶渡日圆，熠熠生金满江红。

　　苦海学僧吟梵呗，瀚漠红衣踏碧空。

　　万古几人千秋桥，沧海一声笑飞鸿。

　　落叶漫渡随心佛，如来如去如从容！

雨花万方

一早有课早动身，急急匆匆赶僧堂。

曦光一片微微亮，灯火几点星星光。

一路欢歌飞彩云，心奔伽蓝书僧郎。

人生有情说缘缘，大江无意流汤汤。

忽然一声早早早，漫天犹闻雨花香。

潜川寻春

春分谁知春何分，烟花三月寻春涯。

风吹柳绿丝丝絮，雨润桃红灼灼花。

粉墙黛瓦玲珑亭，潜川灵山黄锦霞。

溪涧可洗红尘梦，漫望坰野发新芽。

莫道梦圆人生戏，人人争夸耕读家！

微春

微春漾绿半河柳，广兰映红曲桥东。

万佛梵钟醒世音，一树虬枝傲天穹。

云龙流风潇洒客，霞凤染星窈窕宫。

何事谁惹春婵娟？一丝相思一丝红。

从今好打油

花儿与蝴蝶，动静两世界。

花儿静静开，蝴蝶羞羞来。

饭票与菜票，娑婆一真爻。

饭票糊糊口，菜票馋馋鼽。

从今好打油，饭菜花蝶秀。

新春彩聚

几月一度鸳鸯会，洋洋彩聚鸳鸯台。

玄武湖畔莺莺去，紫金山下燕燕来。

扬子泱潆奔潮意，白下蕴漾飞云怀。

嫣然一笑人人醉，西施东施好美孩。

悯猫①

凛冽三九万木枯，乌鸦啼风萧瑟寒。

白猫凄惶嶙峋瘦，翻滚求怜寻食难。

幽幽亭桥幽幽行，喵喵抖擞喵喵馋。

可怜一路空欢随，呜呜喵喵哭碧潭。

【注释】

①　傍晚时分，浮玉信步，一只白猫，且寒且饿，
喵喵而乞，翻滚求怜，随行过桥，思之悯之，
凄惶而已。

微风新黄

初冬浮玉翻斑斓，一抹枫红映仙江。

淡烟虹卷千古绿，微风野洒万新黄。

窈窕坐叶静品茗，学僧歌呗动星霜。

行宫深邃好尔雅，金道璀璨可彷徨？

青莲黉宫寒窗苦，泮水满溢芹藻①香。

【注释】

① 芹藻：语本《诗·鲁颂·泮水》："思乐泮水，
　薄采其芹……思乐泮水，薄采其藻。"此以芹
　藻代指焦山佛学院学僧。

月洗朦胧

远客游拜定慧寺，佛门仙境赞梵容。

万里碧波浮仙岛，一湾白云净长空。

学僧笑伴京客游，行人仰拱六朝松。

绿瓦朱栏映翠竹，华严定慧静庠簧。

煎茶汲江煮深情，危楼观澜仰天鸿。

潮音绵缈醒尘梦，谁倾月水洗朦胧？

空谷霞烟

镇江城内三山六岭七十二冈，城外则是三江汇——江、河、海（焦山以东原是大海），胜境壮观，雄跨东南！

秋深冬浅美如画，观天何须日月坛？

雄美京口江河海，海门潮吼醒东南。

两山夹峙放江流，万帆旌扬斗波澜。

河塘涟漪隐鱼翔，滩涂斑斓惊霞烟。

空谷听鹂南山静，寒江仰月北固湾。

铁锚锁渡待逆旅，宝鼎镇江甘露缘。

曲桥江亭绕浮萍，津渡山楼耸云天。

谁刷蓝天白云雪，层叠连绵如近仙！

寒食魂思

音容笑貌追思远，呜呼哀哉考妣空。

寒食花落几多思，故园南山断肠冢。

东西南北任漂萍，归去来兮何望容？

纸烟映闪风招魂，薄酒醑祭血亲浓。

天若有情天亦醉，点点滴滴到九重①！

【注释】

① 九重：既为地，又为天，言渺茫不可及也。

忆父①

忆父无所忆，唯忆海上帆；

忆父有所忆，父爱万重山。

忆父无所忆，唯忆风雪寒；

忆父有所忆，父爱一瞬间。

忆父无所忆，唯忆江边摊；

忆父有所忆，父爱天地安！

【注释】

① 吾父身材伟岸，双目炯神，虽少言寡语，但古
道心肠，善良忠厚。

卷四　龙埂铁瓮

九秋一夜红

长江万里落日圆，红枫红杉红玫瑰。

京口九秋一夜红，天鸿一心万里归。

绿柳依依牵秋驻，红枫轻轻送秋回。

群鸥追日满天霞，孤帆随影长风吹。

日落长河何所见，但见钢龙戏日飞。

芳芳菲菲绿野踪，天涯任意可采薇。

狼石梦游

龙埂铁瓮千仞岗，东吴古道万叶秋。

六朝风云羊狼石①，千古江山北固楼。

甘露禅寺闲梵铃，南徐净域斗孙刘。

海门吞吐通天潮，法海漂放不系舟。

弱冠何处不登高，吴云散尽少年愁。

秋江何时花月夜，穷村僻壤谁侣俦？

美女一曲萨克斯，惊回半世庄梦游！

【注释】

① 狼石：又名"石羊"。相传孙权曾骑在狼石背
上和刘备共商赤壁破曹之大计。《史记·项羽
本纪》："猛如虎，狠如羊，贪如狼，强不可使
者，皆斩之。"狠如羊，以"狠"示羊性之执
拗，与虎猛、狼贪并举，都是属于忤逆凶猛而
不可使唤者。后世的"狼石"就是羊石，只是
用羊的性格特征代替羊本身。

忘情北固

春花秋月金陵梦，枯灯独赢随园天。

樱湖树下歌青春，鸡鸣寺旁叹文言！

北固楼上望神州，依旧长河落日圆。

云飘白下春阑珊，霞飞朱方秋缠绵。

识心依情两人欢，从此鸳鸯成天缘。

着意灶台烹佳肴，忘情甘露舞翩跹。

今日无酒今也醉，花衣花心花成仙①！

【注释】

① 花衣花心花成仙："花心"一直被用为贬词，
   遭遇极为不公待遇；此处"花心"用为褒词，
   意为"像鲜花一样灿烂的纯洁心灵"。

啼莺羞春

花红柳绿莺燕春，任客潇洒吴天游。

杜鹃泣血荼蘼晚，榴红槐白啼莺羞。

三汇观水江河海①，春尽独登北固楼。

刘备招亲甘露寺，祭江浩叹依好述。

千古江山铁瓮城，六朝风月吟江舟。

南徐净域羡圣贤，吴云楚水歌魁酉。

慷慨东吴天地怀，生子笑作孙仲谋！

【注释】

① 镇江的长江，既原是入海口，又是与大运河的
   交汇处。登北固楼，北望有江海之门，南望有
   江河汇，故有"三汇观水江河海"之句。

春风化雨

世世代代惠贤人，开开心心华年嘉。

爱人有心成人美，助人无意变亲家。

春风和煦柳岸绿，细雨飘拂官塘花。

寻常巷陌寻常事，一片芳华羡奇葩！

天鸡惊黑甜

乙酉（1993）曾经刊发《鸡：人化·神化·文化》，倏忽生肖轮转已到丁酉（2005），逝水驹隙之感油然生矣！

倏忽驹隙几十年，须臾一瞬弹指间。

西风沉醉月亮湾，天鸡唱晓惊黑甜。

花神唤春仙客来，杜鹃鸣醒蓬荜帘！

一江春水一江情，飞花惊鸿动微澜。

云海无极谈笑变，细雨微风春又还。

菊魂夕照①

白云红叶蝴蝶泉，绿亭蔓萝清江潭。

大荒独有九彩菊，秋深冬浅傲天寒。

东篱露浥幽香远，西风霜重花枝繁。

凤凰振羽绿朝云，玉龙闹海帅旗湾。

水月流霞虞美人，濠景红火金牡丹。

紫嫣流芳天涯客，繁华寥落布衣欢。

最是赏菊销魂时，胡曲悠悠夕照残！

【注释】

① 秋深冬浅，黄叶红叶，飘飘洒洒，而大荒山
  菊，傲然西风，灿然怒放。

雪涛穹霓

青春江潮满江花，雪浪乘风好扶摇。

你追我逐腾天浪，少男少女飞狂飙。

惊鹭一跃翔江天，旋鹰三转尽雪涛。

穹霓千层傲云海，涟漪万圈舞天飘。

风流几度人间世，放肆青春好弄潮！

吟江仰月

谁吟春江花月夜，从此无须走天涯。

仰月吟江大焦荒，春水催发满江花。

驰心江畔风吹柳，极目海门浪淘沙！

青山有路逍遥客，绿水无舟寂寞侠。

日薄崦嵫①鹈鴂②鸣，人生无奈小女娲？

【注释】

① 崦嵫：神话山，相传是日落的地方。

② 鹈鴂：即杜鹃鸟，春末夏初鸣叫，杜鹃一叫，
百花凋谢。

云亭招魂

龙埂逶迤奔江去，云亭飘摇招魂旗。

多景楼上可相思，太佛寺外夜莺啼。

狠石默默寻净域，试剑跃跃叹心机。

尚香难知长廊谋，祭江亭外绝命痴。

柳月几分春风意，青山何处可嘘唏？

鸥飞虹霓

翠微古城，金瓯铁瓮，连江通海，盛夏奇景，醉美迷幻。

云水天地几多美，风月心海逐浪高。

翠微绿黛江湾亭，金瓯铁瓮海门潮。

北固横空留吴恨，西津竞帆映汉霄。

熔金煌煌崦嵫远，滟碧粼粼婵娟娇。

曲亭廊桥芦荻风，孤鹜落霞花月撩。

水榭山楼庄蝶梦，星野江岸宝鼎雕。

轻歌曼舞微度曲，恋日鸥飞虹霓妖。

香风疏影绿鬟云，追月帆尽罗绮消。

人间仙境何处寻？北固江湾醉美骄！

华夏鼎歌

钟鸣鼎食华夏歌，顶天立地国鼎魂。

鼎鼐禹铸为国器，九鼎八簋天子尊①。

圭璋鼎彝朝天阙，拔山扛鼎惊世闻。

宜侯矢簋鼎吴立，铁瓮楼台宝鼎新。

天工象物铸彝鼎，鼎问鼎答逍遥鲲！

吴京北顾羡仲谋，鲲鹏南翔仰昆仑。

滊濙②渌流③汇江洋，鼐鼏④无意宣乾坤。

【注释】

① 鼎簋，重器也，天子九鼎八簋。故乡京口鼎盛，其西周初年宜侯矢簋，为吴国第一铜器。其京口宝鼎，立于北固湾，为纪念东吴"京城"建城一千八百零二年而铸造，气势磅礴，倾城倾国。

② 滊濙：小水貌。《文选·扬雄》："梁弱水之滊濙兮，蹑不周之逶迤。"李善注："滊濙，小水貌也。"

③ 渌流：清澈明净的水流。

④ 鬺鼐：鬺，小鼎；鼐，大鼎。《诗经·周颂·
丝衣》："自堂徂基，自羊徂牛，鼐鼎及鬺，兕
觥其觩。"

一来二去

平平常常高铁票，一来二去可奈何！

无语无声天外天，有情有义课外课。

人生寻福无着意，顺其天然寻常客。

南来北往谈古今，唯有会心好时刻！

五峰客潮

悠悠飘飘天边云，熙熙攘攘客何往。

高铁益众飞龙来，连淮扬镇通八方！

镇江大桥镇江东，连云高铁连海翔。

从此南北变通途，客涌五峰赞大港。

登云芳魂

卯角洋娃风车山，青春艳靓登云楼。

旗袍美袭红楼韵，咖啡香吻夕阳秋。

大地万象显世情，崇实书声绕润州。

风雨天虹人桥渡，心海荡漾文化舟。

真金字字赛珍珠，芳魂苍穹感天游！

云发断魂

运河云东翠黛远，晚唐许浑丁卯桥。

大寒冬尽春象新，烟波曲桥任绕缭。

山雨吟啸风满楼，运河女神云发飘！

清明咏歌断魂客，丁卯桥畔人如潮。

千秋流淌大运河，万里飞舟心云高！

沁心萦云

沁沁萦云望飞鸿，都天大帝喜迩遐。

绿荫红花山门静，百啭千声萦云家。

放肆黄花醒天心，含蕾红梅映塔霞！

学子亭畔叹学子，僧伽塔下感僧伽。

脱帽祈愿息争虞，天下开遍六和花！

石逗秋怀

齐梁故里南朝石，追远思怀极八垓。

五池莲荷烟柳飞，十方神柱天地来！

南朝烟云冉冉远，齐梁风物细细排！

红荷映月八千云，丹凤朝阳万方开！

凤凰湖畔麒麟梦，石人无语逗秋怀！

道貌仙风

云林道观三茅宫，沧桑古今醒世钟。

自小听说三茅宫，宫在虚无缥缈中！

如今信步三茅宫，画栋雕梁叹飞龙！

紫气迎仙三茅宫，太极八卦道从容！

芸芸会仙三茅宫，灵官三清心憧憧！

道貌巍峨三茅宫，仙风荡漾歌九重！

大华万方

吴头楚尾正开宜，江河山林翘天方。

阳春三月正东会，耄耋潇洒赞朱方^①！

泱泱大华大世界，江河山林动万方！

三山映水无限意，铁瓮京城连四方！

满眼风光神州行，踵武^②仰景蹈大方！

【注释】

① 朱方：镇江的别称。原是古地名，在今江苏省镇江市丹徒区东南。《左传·昭公四年》："秋七月，楚子以诸侯伐吴……使屈申围朱方。"杜预注："朱方，吴邑。"

② 踵武：《楚辞·离骚》："忽奔走以先后兮，及前王之踵武。"王逸注："踵，继也。武，跡也。"踩着前人的足迹，继承前人的事业。

妙高凌波

江天一览风流云，四顾回望美娇娆。

西仰水月金山峻，叠台飞檐连云霄。

北惊文墙金山新，曲桥峰亭听歌箫。

东赞妙高金山秀，凌波倒影迷魂销。

南叹文宗金山远，碧水芳甸傲天骄。

昭关云亭

西津古渡越沧桑，一眼千年醉春秋。

铁瓮城西待渡亭，遥想大江飞扁舟。

青石板下望千年，石塔无言昭关愁。

五十三坡观音洞，玉山同登超岸楼。

几许云烟到于今，蒜山独孤云亭丘。

吴声缠绵

大吴开宜八百年，槐荫华山梁祝源。

断山墩下古溪河，棒槌戏水荡漪涟。

妇妪耄耋醉美笑，翁公①稀余蠲髭髯。

千古银杏神女颂，万年戏台梁祝宣。

六朝江南第一村，动情吴声最缠绵！

【注释】

① 翁公：老人。老先生。稀余：古稀而有余，即
传统所说的七十多岁。髭髯：胡须。蠲：去
除，剃除。

江柳舞春

蒹葭青青杨柳绿，春江水暖桃花红。

飞絮丝丝漫天舞，玉兰朵朵妆天容。

婵娟尽情歌舞潮，窈窕随心花露浓。

鹂莺鸣柳滴滴娇，布谷唤春声声同。

江柳年年好舞春，舞来舞去春无穷！

宴春清茶

璀璨岁月嘉年华，十字人生可彷徨？

甲午立秋老宴春，霁色清风喜扬扬。

清茶一杯品世界，弱冠年华争自强！

羡慕嫉妒不为恨，乐在天涯大西洋。

小璨小靓同携手，鲲鹏展翅傲天飏！

狠石赤壁

东吴古道龙埂长，花山坚垣铁瓮真。

孙刘一旦谋狠石，赤壁瞬间飞烟云。

繁花绿丛旧宫阙，大浪淘沙梦何寻？

了却二乔三国事，从此万古一人新。

何当笑傲江湖海，放飞万方云水心！

霓裳花红

佛教传说，弱水的彼岸花，绯红绚灿的是曼殊沙华，洁白晶莹的是曼陀罗花，千年开落，花开无叶，叶生无花，象征相惜相念而不得相见。

十方三世禅世界，沧桑须臾弹指中。

千年开落彼岸花，凄凄迷迷殷殷红。

生生世世霓裳曲，卿卿我我转头空。

有心寻芳芳香灭，无意观花花艳浓。

谁愿千年等一回，云飞花谢谁从容？

宝华仙风

宝华人人说仙境，仙风漾荡流霞虹。

少时仰叹莲花峰，如今莲房入眼中！

清溪淙淙秦淮源，风车嗡嗡客心同！

梵音缥缈隆昌寺，龙池涟漪大江通！

如如不动天龙地，了了分明望飞鸿！

花山吴娃

依稀古道东吴情，踏遍龙埂尽沧桑。

三都唯有铁瓮尊，吴娃重情感天方！

五峰逶迤连天来，九岭缘冈锁大江。

柳莺晓月清风柔，花山深处玉兰香。

笑谈三国云烟飞，铁马金戈万橹樯！

西津超岸

春风得意江南水，十里长山玉兰溪！

一眼千年西津渡，冲衢水陆超岸寺。

游山游水游人生，妙心妙意妙悟思。

庄梦蝶幻八百年，云海沧桑一瞬时。

玉山未曾悲远客，西津从来催歌诗。

登高心翔

自古山水雄东南，城市山林美名扬。

如今推送大气派，山体公园连八方。

城西葱茏狮子山，三百生灵闹铿锵。

家家户户后花园，山山水水珠链廊。

何日彩翼风吹云，登高望远盼心翔！

海门冰心

江河（长江、大运河）交汇处散步，从日落
到月出，落日熔金，月华溢彩，美不胜言……

东西南北江河汇，天下此处最动情。

落日熔金华彩月，新潮涌浪霓裳枫。

秀水悠悠海门高，清风徐徐杨柳青。

渔舟楫旁江鸥翔，蒹葭深处鹭鸶鸣。

千载有情仙人缘，万般无奈祭江亭。

鸟外吟秋

秋日豪兴骑丹徒，南徐大道九华天。

槐荫村北鹿溪清，鸟外亭西龙山眠。

三十万年小放牛，莲洞吟秋寒江川。

冉冉五洲金陵云，邈邈龙埂铁瓮烟。

景泉宣德好印象，驸马街内美庄园。

随处沽酒杏花村，醉卧春风到黑甜。

丽峰镜湖

花花草草几多情，青青绿绿百花园。

七山两水一分田，高丽奇峰连云绵。

鸟鸣唤醒寒武石，泉涌羽化银杏仙。

波光粼粼耀镜湖，青葱依依入云天。

遥看边城画中人，世外桃源舞翩跹。

金山游思

西湖断桥伞雨情，金山漫水竟可哀。

湖光山色江天寺，悠然大江芙蓉开。

蒹葭苍苍鸥鸟飞，楼宇重重映翠来。

雄跨东南二百州，金鳌山下祖场台。

光影鱼龙夕照远，白蛇情思惹尘埃。

欸乃飘荷

乘船游金山，剪影刹那有感。

一览江天寺裹山，曲桥香亭日月怀。

几只蝴蝶戏柳飞，一片白云绕洋槐。

梧桐深荫喜鹊鸣，环湖菡萏斗艳开。

一路馨香望一泉，欸乃轻舟飘荷来。

千江一枝

千江万川奔逝水，古往今来歌离骚。

东吴喜望一枝春，梦魂金焦相思遥；

南徐怒放百花夏，孙刘净域戏乃曹；

西津爱逞千江秋，杜娘山楼风萧萧；

北固笑傲万峰冬，参差铁瓮京城高！

美人鱼

活蒸鱼啊活蒸鱼，满街活蒸美人鱼。

有人说热蒸桑拿，而我说热活蒸鱼。

赤日如火江南行，满街活蒸美人鱼！

有人说热蒸桑拿，而我说热活蒸鱼。

及至炎风吹凉月，何处可见美人鱼？

登云天书

文化人桥七彩虹，登云花美赛珍珠。

东方不亮西边亮，论语问天斛不斛。

如今赛学成博士，天方精英汇丹徒。

曾有迷霾障天眼，流言蜚语斛不斛。

色拉誓作京江女，耶路撒冷传天书！

碧桂蔓藤

万里长江真宝岛，翠微青葱如玉浮。

西麓石壁摩崖刻，瘗鹤铭①文惊天书。

碧桂细柳御碑亭，青竹蔓藤听鹧鸪。

书法名山竞风流，如椽巨笔争米芾！

【注释】

① 瘗鹤铭：瘗，掩埋，埋葬。瘗鹤铭，摩崖石
刻，原刻在镇江焦山西麓石壁上。自宋代
《瘗鹤铭》残石被发现以来，历代书法家均对
其评价极高，然而书者未有定论。

金山婵娟①

梵呗圆音禅世界，星河闪光漂浮萍。

千年宝刹金山寺，万古净空圆月明。

清辉熠熠盈美宇，波光粼粼满华荧。

婵娟耀星傲苍穹，嫦娥飞天恋寰瀛。

秋江花红月明夜，香桂深处闻鹂鹦。

【注释】

① 新华社以@人民日报名义播发的配图解说：9
月27日，一轮明月与江苏镇江市的千年古刹
金山寺的灯火相映成趣。镇江金山寺的一轮
明月，征服了中国，征服了万万千千的月迷
和星迷。

芳华情浓

人生处处中国梦，春心时时有飞鸿。

故国四月芳华远，师魂寥廓正西东。

帝都筑梦凌天云，原乡传情春意浓！

寒舍月旦会心笑，书海品评颔首空。

九思言意观万象，继往开来叹其功！

梦圆飞鸿

荷塘虹桥柳絮雨，青春登仙关河虹。

放牛歌引真善美，弱冠无奈苦从农。

彭城两度负笈游，而立熬炼书生功。

金陵花开满天春，强仕守心动苍穹。

帝京从来都是梦，天命观象何从容。

中国梦圆原乡情，从心会意叹飞鸿！

曲桥游荷

荷花荷花几月开？七月不开八月开！

晨光熹微云天爽，小舟飘荷逸风来。

环湖绿荷尽云塔，曲桥红花望天开。

吴楚远客思原乡，冰心玉壶芙蓉台。

千载一配仙人缘，浩歌漫舞天地怀！

锅盖面①

街头巷尾锅盖面，五味八鲜争人心。

楼堂馆所锅盖面，远游更觉故乡亲。

迎宾一碗锅盖面，小菜鲜嫩麦粥新。

送客一碗锅盖面，齿颊尽日留芳馨。

【注释】

① 镇江的锅盖面为中国十大名面之一。楼堂馆
所，街头巷尾，面馆随处可见。

菱舟嬉荷

山风吹雨洗高爽，江云随心尽窈窕。

清风明月海门高，吴云楚雨烟波邈。

野渡菱舟柳嬉荷，清池绿萍凫弄草。

蒹葭苍苍白鹭翔，铁桥斑斑江风晓。

如来大江湿地游，天地同欢白蛇宝。

中秋观月

中秋观月感古今，不是明月是婵娟！

一空散星点点亮，万里仰月翩翩仙。

碧海晶晶皎月淡，西子荧荧魔幻天。

彩绮娇波水芭蕾，觥筹花焰禅云烟。

东江南浦关山月，西禅北道水云川。

风月无限嫦娥舞，不是明月是婵娟。

白水醉仙

南北友生无计数，最为得意天心牵。

云龙翠微青葱岁，铁瓮黄海手足缘。

白下春华梦阑珊，朱方秋叶雨缠绵。

北固吹风变沧桑，西津漫步望千年。

今夜相思无看月，白水淳情醉如仙！

蝶疯鹂鸣

一扫万千乱红尘，三调游弦静青峰。

竹海绵绵疑无路，曲径幽幽听蝶疯。

鹿虎双跑如斯亭，万古长青听香枫。

茅堂山房隐戴颙，父女同心听鹂沨①。

鸟外亭上大世界，芝兰友于听山风。

【注释】

① 父女同心听鹂沨：戴颙，刘宋时隐于镇江南山，无心功名利禄，以琴书自娱，其所创作的乐曲有《三调游弦》《广陵止息》以及将汉代歌曲《何尝》《白鹄》合为一曲的清旷调。戴颙生有一女，与父亲相随，终生未嫁。沨，形容乐声婉转抑扬。

泣月梦乔

京口水滑天生润，天仙天女美窈窕。

吴云楚雨赤壁天，千山万壑望金焦。

周郎无奈东南计，铜雀泣月梦二乔。

大乔婷婷小乔魅，秋水芙蓉映日娇。

东风无如美人愿，双乔茕茕忆天骄！

红颜袅媚

寻访镇江乔家门有怀二乔。

二乔有祖乔家门，红颜袅媚国色娆。

吴云楚雨奈何天，清风明月惹人娇。

嫦娥飞天游广寒，铜雀泣月傲雄枭。

大乔袅婷小乔媚，映日芙蓉初嫁姣。

东风无如伊人愿，别魂堕嬛殇天骄！

茕茕白兔孀嫠哀，幽幽青灯红颜消！

今月何曾照红妆，乔家门口说二乔。

大江日圆

大江落日无所见，唯见落日圆又圆！

弱冠从农江河汇，古稀欢舞知青园。

风姿英爽斗青春，天高地阔抛荒烟。

年年岁岁探双亲，岁岁年年难觅缘。

春夏秋冬梦旧城，酸甜苦辣开新元。

如诗如画夕阳红，载歌载舞痴心甜。

但愿知青人长久，笑看大江落日圆！

清月江湾

几声蝉鸣枫叶红，一夜豪雨大江流。

红日冉冉崦嵫远，华灯煌煌清月羞。

荧荧星野柳江明，粼粼滟波芦荻柔。

曲亭廊桥醉远客，鸣鸥舞鹭弄扁舟。

馨香如如飘飘夜，聊浪江湾好个秋！

灯海夜月

青春浪漫不夜城，劲歌狂舞玩奇葩。

天王巨星夜炫歌，灯海怂恿三万孩。

人海茫茫赶热吵，飞鸟匆匆望空台。

城市客厅歌留客，轻歌曼舞红裙来。

乡曲袅袅茉莉花，醉美夜月香满怀！

龙埂仙踪

东吴古道走龙埂，北固仙骨傲菖蒲。

花逢知心笑烂漫，酒可放怀醒醍醐。

绿野红枫黄莺夜，白石静月兼葭浦。

菊兰天葱自然好，山林仙踪无荣枯！

何来痛饮菖蒲酒，人生无意谈赢输。

野荷白鹭

绿野花海花心发，谈情说爱好徜徉。

野塘荷漂白鹭戏，虹桥溪流黄花香。

粉花争艳五彩衢，蒹葭翻绿九野荒。

曲水浮萍连远塔，香蒲怡人乐鸳鸯。

夏花璀璨好呼朋，花心逍遥花海洋！

吴都朱方

古吴①立国在朱方，南国圣贤第一人。

四平夕照龙潭水，九峰叠翠茅山云。

千年沸井延陵奇，三禅让国华夏尊。

宝剑无语挂墓台，日月悬天童心真。

礼乐论世明稼穑，赑屃驮碑十字魂。

季河桥上思季子，相思无极万古春！

【注释】

① 古吴：从吴太伯立国始，至吴王夫差败国止，
凡共六百六十七年，历二十五世吴王，其中
十九世吴王共五百八十一年，均设都朱方
（今江苏镇江市）。华夏圣人，北国有鲁孔子，
南国有吴季子，并世而立。

浮萍飞云

万里从农阿克苏，一别茫茫四十春。

玩水扬子戏垂柳，斗棋荷塘分野飧。

乐莫乐兮惊相遇，悲莫悲兮无觅寻。

人生无想何处去，浮萍飞云歌香魂！

鸿运邂逅小玩伴，柳蛙鸣虹星火村。

相逢相见难相识，恍如隔世窥红尘。

上党长山

春色桃夭艳阳天，花心清纯泪沾巾。

赶春上党问高陵，农女遥指桃花村。

雨润野绿应思远，风卷乱红尽离魂。

人间三月芳菲菲，黄花千里红云曛。

相思一片香雪海，十里长山可摘云？

龙船赢远

三月阳春可礼佛，枫杨参天好徘徊。

象山龙船赢远客，涛声波光荡垢霾。

红亭悬壁瘗鹤铭，绿野列阵古炮台。

紫萝俪人漫歌舞，黉门僧侣踏春槐。

江天一览万佛塔，仙人举手爱我来！

卷五　高天叠彩

天坛婚纱

婚纱人生大摄影，聊浪放旷羡奇葩。

天圆地方丹陛道，源远流长大华家。

祭天祭神天人合，祈年祈岁稼穑嘉。

缭绕三日回音壁，阴阳千年圜丘霞。

新人有意竞媲美，天坛无处不婚纱。

吴楚谢馥

融融泄泄人挤人，挤挤轧轧睹一睹。

周遭参差旧王府，如今酒吧南锣鼓。

灯红酒绿迷幻处，隐约佳丽曼妙舞。

京爷赤膊侃大山，靓女露脐蛇缠乳。

几度遥望谢馥春，疑似春梦乐吴楚！

空竹陶然

城市山林陶然亭，信步小歌好盘桓。

榆高荫浓空竹响，柳长水静黄鸭欢。

鱼钓湖岸惊涟漪，鸢飞天边近云岚。

游亭自有央人时，满园游客无识韩。

三湖环望陶然亭，无须醉饮自陶然。

孟姜哭城

长城，是一定要去的，不仅仅是因为孟姜女！

孟姜哭城朔风听，凄凄朔风哭白骨。

孟姜哭城野草听，离离野草哭白骨。

孟姜哭城苍穹听，莽莽苍穹哭白骨。

孟姜哭城食鹫听，浑浑食鹫哭白骨。

遥想万万梦中人，可怜荒山遍白骨。

哭倒长城唯孟姜，若到长城本应哭！

如今登城自好汉，万里长城可逐鹿？

金水客潮

风驰电掣大高铁，早出晚归乐逍遥。

晨曦推窗甘露寺，正午开怀金水桥！

长安街中车胜川，天安门前客涌潮！

赤橙黄绿舞彩练，姹紫嫣红叹秋高！

压力山大话永别，梦想待机心云飘！

文丰名山

一衣带水大宝岛，青春有缘新文丰。

留取名山一点名，好书辗转新文丰。

峰会天蓝王府井，开心购书新文丰。

莫言途牛人匆匆，新人新话新文丰。

求浆得酒金瓶梅，真心真情新文丰！

星外飞客

京城观《星球大战》感慨有怀。

星外飞客克隆人，无怒无憎无情怀。

三世原力醒银河，八垓洪荒绝地裁。

咫尺天涯人心战，星际穿越虫洞开。

星人天逢恐不识，疑为星外飞客来！

红门观潮①

余暇从容长安街，兜鍪隐约金水桥。

熙熙攘攘红尘魂，融融熠熠冲天骄。

黔首十万争觐宫，自倚红门观客潮。

石犼云龙诽谤木，如今华表皇权高。

紫禁城内可观处，交泰囍被令魂销！

【注释】

① 过天安门，人流如潮，在天安门的铜钉红漆大门旁，倚望良久，似有所思似无所思。而在故宫交泰殿，红囍大被激起了千千万万观众的热情和渴望，只见攒涌的人头，扬臂的自拍……

暌阔嘘唏

春风得意神韵爽，人生蒸腾烟霞气。

勃勃兴发旧地游，奇奇巧遇新邦娣。

三生易见缘分在，五世难寻贵人梯。

人文楼前说人文，暌阔今昔亦嘘唏。

青葱新人疑满园，何人识君正红旗？

街卧醉笑

呼朋引友什刹海，几多洋酒几茅台？

柳丝吹海涟漪生，蜂客逍遥万方来。

星星点点几盏灯，羞羞答答依人怀。

靡靡酒吧靡靡客，悠悠游舟悠悠孩。

洋人街卧醉谈笑，东赶西撵不下台！

清凉仙霞

火字连连字字热，大江南北两重天。

燚燚焱焱炎炎火①，江南七月九阳燃。

满眼活蒸美人鱼，汗水尽化紫霞烟。

高铁吹风三千里，京城潇洒清凉仙。

镜象燕山广寒月，清夏悠悠可静恬？

【注释】

① 燚燚，火貌。焱焱，火花，火焰炎炎，均与
　　"火"相关，或状其形，或炫其色，或显其
　　热，合而极言，则为遍地开"火"，同下句
　　"九阳"遥相呼应。

玲珑歌动

华夏迎奥北京情，云飞龙舞喜重霄。

呼风唤雨海龙王，惊鸿飞燕天仙娇。

七彩灯幻玲珑塔，九万歌海涌鸟巢。

红尘洗尽水立方，璀璨京华聚英豪。

天映古槐

北京天色至净至蓝，胜似童话世界，以至于很多朋友都说，这北京天蓝得超过美国了。

年年岁岁歌春风，蓝天白云飘心台。

白云更比槐花美，天映古槐羞羞开。

湛蓝水晶童话天，穹碧如洗仙风怀。

漫问君家何所有，可摘白云可摘槐。

花田雨燕

仰山奥海大风景，花田野趣小人家。

北园花田雨燕塔，清洋河畔向阳花。

碧水弯弯映美云，绿野茫茫叠彩霞。

长柳依依蝉鸣夏，远花丛丛蝶笑娃。

舣舟犹待楼兰客，欸乃声声闻惊鸦！

碧波红鱼

奥森南园花迎春，春色洋洋得意红。

碧波粼粼奥海风，红鱼漫漫野凫慵。

鸟语虫鸣声悠悠，叠水花台响淙淙。

林海湿地雾蒙蒙，涧溪瀑流水溶溶。

仰山天境眺远去，愿闻得得春音跫。

遥望家门

卿卿京南我京北，我我京北卿京南。

京北京南数重街，地铁似乎眨眼间。

卿卿我我说微信，曲曲弯弯几重山。

知声知面不知人，牵手牵心自天安。

清风潇洒不关情，遥望家门想禹还。

帝人江南

乾隆行宫佛学院，大德大能江山阅。

遥想帝人下江南，摇摇晃晃三两月。

如今高铁下江南，轻轻松松千山越。

昨日腾云飞朱方，今日驾雾飘京岳。

要问什么是幸福，帝人哪如今人悦！

燕山云龙

平平和和大自然，放放浪浪有警钟。

尘雾灰霾弥京华，朔风野气一扫空。

漫天清霞涌窗牖，无垠彩云戏苍穹。

岑楼绮丽翔雪海，燕山黛翠舞云龙。

无限光景一风新，白云蓝天观飞鸿。

碧水雨燕

奥森风景大世界，东开西开南北开。

森林深深深几许，疑入空山远尘埃。

绿草茵茵茵几多，更觉芳菲沁脾怀。

雨燕飞飞飞几远，清洋河畔真爱乖。

奥海清清清几何，碧水碧天碧舟来！

蓬莱颐和

三门入园大径庭①，千秋无言证宫槐。

皇家园林好气派，引水筑山唤蓬莱。

昆明湖深三千尺，映照瓮山万寿台。

吼日雄狮依桥戏，邀月游廊傍水开。

绿柳红桥江南风，东岸西堤好徘徊。

云辉玉宇佛香阁，廓如亭外龙舟来。

光绪空有排云志，玉澜堂锁大悲怀。

颐和游园叹颐和，如今颐和望天裁？

【注释】

① 游颐和园有三径：一是暗径，坐地铁直至北宫门，由北宫门入园。二是明径，坐公交至颐和园，由东宫门入园。三是小径，从中国人民大学西门骑自行车直达新建宫门，由新宫门入园。

猴斗虎惶

兴发闲游动物园，古稀还比顽童狂。

猴急猴斗猴好玩，捉虱按摩喜洋洋。

醒狮成群慵慵来，孩童惊呼大绵羊。

猛虎恐望玻璃墙，人潮汹汹令虎惶。

奥运亚运熊猫馆，憨吃憨睡懒洋洋。

孔雀雄雌大对比，美女无人敢引嗥。

浑然不辨白犀牛，你挤我推滚泥塘。

水陆两栖巨无霸，河马大象可称王。

雉鸡苑中戏锦鸡，水禽湖里游鸳鸯。

鸥鸺猫鹰小蝙蝠，夜行还有大灰狼。

非洲猎豹小精灵，北极雪熊独徜徉。

昂首遥望长颈鹿，美人木前可心伤？

海瀛神鸟

北京动物园，天鹅之多，天鹅之美，天鹅之可爱多情，令人感慨！

天高地远双飞仙，映湖荡月交颈萌。

天鹅高飞越珠峰，南来北往望华京。

一鸣一呼歌禽湖，亦步亦趋舞冰晶。

顾盼温柔成双对，颉颃从容自深情。

海瀛高远神鸟来，绝唱声声动天星。

石开曙红

混沌鸿蒙人猿人，烟火稼穑农神农。

天安地安人人安，犬警特警守宇穹。

山洞原人背鹿来，打石开化曙光红。

丹徒西周宜侯矢，后母戊鼎大编钟。

兵马俑阵显神威，红船远航耀星空。

大华复兴中国梦，万众欢腾举觥觥！

婚伞天鸿

天坛地坛日月坛，南鸿北鸿东西鸿。

年年岁岁游天坛，岁岁年年人不同。

祭天祈年大国事，呼风唤雨映天虹。

神鸦幽鸣回音远，新人含笑婚伞红。

圜丘登高何所望，几缕夕阳几棵松？

江南文童

极寒朔北怒狮吼，杜门闭锁风魔凶。

我行我素小傲睨，一步三摇醉九冬。

摇摇晃晃白企鹅，跌跌冲冲黑朦熊。

古稀无心玩太极，可怜江南小文童。

从此休妄与天斗，顺来顺受顺天公！

潇湘大观

奇奇特特人间世，浑浑灏灏镜幻缘。

潇潇洒洒红楼梦，真真幻幻大观园。

红红火火情人节，轻轻淡淡怡红仙。

寂寂寞寞潇湘馆，凄凄切切黛玉烟。

嘻嘻哈哈游人过，指指点点三百年！

龙翔九天

北京蓝天白云，天蓝如海，云白如雪，令人神清气爽，目有所观，心有所感，特以儿歌歌之：

白云白云何处有，天上没有心上有。

白云白云何处有，心上没有墙上有。

如今飞龙翔九天，白云飘飘处处有。

塔吊长臂迎白云，白云飘飘天天有。

清风推窗送白云，白云飘飘家家有。

白云从此不放假，欢歌笑语时时有。

雪云歌华

大山吹风水动波，高天流霞云感槐。

清风一夜万木秋，远黛梦窗透迤来。

流云纷纷似飘雪，蝶舞片片久徘徊。

鸣蝉声声歌雪云，长柳依依逗心怀。

最是京华迷人时，几朵雪云入书斋？

京江水思

东南西北天下水，无如原乡清滑水。

东风西吹桃花面，幸运同饮一江水。

南水北调三千里，京华可饮长江水。

迢迢递递相思路，甜甜淡淡长江水。

一杯香茶迎远客，请君漫品故乡水。

大道骝骅

华夏煌煌五千年，炎黄溯远近女娲。

花山花海长安街，人山人海大歌华。

金栏璀璨^①怡远客，大道寥廓奔骝骅。

放怀舒臂千秋望，生命永红彼岸花！

【注释】

① 金栏璀璨：国庆节前后的北京，是花的海洋，一千五百万盆鲜花，装扮了大大小小的广场街道，天安门广场"祝福祖国"中心主花坛高达十七米，显得更为璀璨绚烂。

白塔夕阳

北海秋日聊浪行，云霞虹霓好徜徉。

堆云积翠琼华岛，碧波绿柳戏鸳鸯。

九龙翔壁欲飞空，八仙飞神慈海航。

涤霭荡雾濠濮间，登云依霞漪澜堂。

公园一度成官园，无奈双桨唱心伤。

秋荷金菊叠映水，白塔夕阳傲风霜。

忽闻欢声笑语飞，洋洋洒洒来万方。

梦国赢天

世界公园美京华，梦国赢天耀旗徽。

大千世界一园游，潇洒奔欢走一回。

雄丽宏阔台地园，层层叠叠赢天晖。

红场升天大教堂，依稀忠魂到河湄。

天崩地裂大峡谷，绿草白宫耸云碑。

金门悬索淘金潮，女神擎天笑星奎。

华美巴黎圣母院，铁塔耸天愧葳蕤。

群街拱卫凯旋门，卢浮深宫璀璨窥。

灯塔木马雅典娜，希腊文化叹峨巍。

荒原萧索金字塔，骆驼神庙秋风吹。

泣神惊鬼泰姬陵，佛国禅境笑微微。

翘首仰光大金塔，桑契门外彩云归。

修女遐观风帆远，日幕月幕大天帷。

万里长城万里歌，中华英雄真是谁？

景山槐哀

悠悠独尊大明帝，漫游景山可感怀。

风卷残云看世界，闻说凭高可追来？

九龙隐约紫禁城，太液秋风西山霾。

北海无言沧桑泪，殿宇嵯峨天工排。

至尊至威君王事，载舟覆舟大翻牌。

可怜无如闯王面，魂飞东坡曲颈槐！

妙应观妙无可语，昏鸦皇冢绕空哀。

万象回春行天道，年年岁岁催槐开。

东风兴废浑不识，秧曲唱红绿青苔。

功名利禄浮云尽，何如童山牧羊孩！

天旅连云

连日雾霾缭绕，疑为误入仙境。夜半美梦，喜观蓝天白云，亦真不亦乐乎矣。

天马行空饮玉霞，彩云追月天仙女。

迷人迷魂迷春梦，深情深意深几许？

忽如一夜梨花梦，翩翩白云得意旅。

眉颦娇浅龙花月，彩饺谈笑连云语。

黉门初见依云龙，如今梦南望海屿。

帝都天色

帝都天幕名天下，淑女涩男夜徘徊。

一级一层天阶幕，一波一浪冲天来。

京华夜夜向上看，璀璨漫漫天花开。

凝眸八垓逍遥游，放怀万象风流台。

最爱京城小江南，一杯香茗触乡怀。

龙泉灵光

翠微平坡宝珠洞，龙泉香界大灵乡。

独怀春意登秋山，枫红禅隐观云冈。

天地斯文三山寺，山林至乐八刹乡。

千佛含笑转经轮，万众鱼贯仰灵光。

铎音缥缈吹梵呗，踏红映翠参差黄。

香烟袅绕空门静，龙泉荡漾雀舌香。

瑞贡京城论茶道，翘首云南大马帮。

云空喜羽映翠湖，金池游鳞竞颉颃。

礼佛大悲四季春，无心证果大讲堂。

从此吾欲大悲咒，唱尽南无唱沧桑！

长袖羞述

乐游京城八大处，淑女何处追睢鸠。

急急匆匆秋意尽，潇潇洒洒自在游。

京城巧遇彭城客，一声问候喜悠悠。

天龙地凤广厚街，神库钟楼方泽流。

红墙古松蓝蓝天，西风银杏翩翩秋。

丽人长袖追风舞，银杏飞洒羞好述。

皇家园林好神韵，养生保健冠冕旒。

杏林问茶天地和，悦养调息全无忧。

秋尽冬来春可待，愿海八风海上舟。

嫦娥戏兔

风轻云淡秋高野，小儿玩笑指月圆。

古松宫灯耸巨塔，夜明祭神夕月坛。

婆罗双树映月池，天香云桂飘广寒。

邀揽无如奔月去，嫦娥爽心戏兔蟾。

可怜光风霁月夜，婆娑无奈歌凤鸾。

九彩异国

地坛香山钓鱼台，浪漫最是三里屯^①。

又是一年醉秋时，银杏璀璨可销魂。

佳丽烂漫卧金黄，窈窕天真舞香裙。

眼前八方通天道，身旁九彩异国村。

秋心漫随黄叶飘，几片黄叶几片云。

【注释】

① 三里屯：北京最浪漫的银杏地，不是地坛、
钓鱼台，也不是香山、八大处，而是三里屯
东五街西口到三里屯东五街东口的三里屯外
国使馆区。

金乌曙雀

万方上瘾朝日坛，大华天下烟云深。

遥想神路西天门，倾国敬祭大明神。

黄叶灿灿千层石，绿柳依依一方人。

沧桑千年九龙柏，圜坛祭日无昏晨。

夸父后羿俱英豪，金乌曙雀耀星辰。

阴阳调和大世界，日坛如日日日新。

先农启昧

先农启昧大时代，农耕文明谱新篇。

依稀红墙太岁殿，秋风乱叶渐阑珊。

七环八绕红墙走，无人知晓先农坛。

遗产久温中国梦，雄风八极开新观。

如意踏跺悬山黑①，鎏金斗硕菱花繁②。

神农稼穑启蒙昧，帝皇观耕天下安。

更有一亩三分地，吉春亲耕神仓餐。

沧桑古柏荫神祇，夕阳望亭无盘桓。

年年岁岁祭先农，世世代代农先难。

【注释】

① 如意踏跺悬山黑：踏跺，汉族古建筑中用条石砌筑的台阶，置于台基与室外地面之间，也称"踏道"。踏跺有垂带踏跺和如意踏跺两种，而如意踏跺则比较自由。悬山，与硬山相对，是古代汉族建筑屋顶的形式。两山屋面悬于山墙的建筑，称为悬山（亦称挑山）式建筑。

② 鎏金斗硕菱花繁：北京先农坛宫殿建筑，外表辉煌庄严，内部雕造精细，七踩单翘双昂鎏金斗硕装饰，格扇门窗用三交六碗菱花，建筑内外用金龙和玺彩绘等。斗硕，硕大的斗拱。

京华走游

鸟巢映美水立方，玲珑塔外九彩秀。

唐人街外清平晓，民族园内美俪偶。

冲天双柱远图腾，玲珑一塔望牵手。

长龙垂涎美栗乡，涎来涎去唯一口。

高心深藏西什库，天主明灯照黔首。

红墙黄叶先蚕坛，熙熙融融万人走。

忽然一阵狂风起，海阔天高满街吼。

红墙白塔

北海双桨唯童梦，红墙白塔天边云。

如今古稀唱北海，引吭荡桨问天真。

半世无缘中关村，一生有情人大人。

大江远舸寻常见，北海小船天下闻。

桨声塔影遗旧事，韶华逝水可追真？

长龙缠绵

广阔天地少时游，淡淡望京淡淡烟。

京华流云漫无意，原乡微情云柳尖。

叫鸡嬉戏山野雪，长龙缠绵柳春仙。

楼台酒洒清江湾，旗房茶香燕山巅。

花红月圆天涯客，谁为花红谁为怜？

蟾光太古

雾里看花三里屯，如梦如幻醉芳狂。

帝都上元踏月行，万家灯火映蟾光。

银花火树太古里，蓝海碧涛苹果香。

罗绮异国天畔来，金车宝马逐芬芳。

闲人歌饮星巴克，喧夜璀璨惊仙乡。

光影蓝港

闪闪烁烁几点星，荧荧煌煌九霞仙。

蓝色港湾圆月夜，璀璨浪漫四季天。

冬雪纷纷圣诞树，春花灼灼暖意添。

秋月朦朦鸡窗新，夏雨潇潇梦峰巅。

光影魔幻变世界，黑夜灵光听盈阛。

丁香梵铃

游寺悟观佛学院，禅意朦胧袈裟轻。

悯忠崇福法源寺，暮鼓晨钟群鸦鸣。

千年古刹祭忠魂，一行学僧踏梵铃。

丁香飘雾香雪海，蟟虬破蕾愈幽清。

天王闲逗慵懒猫，从此万里红尘行。

龙泉芳魂

煌煌扈扈凤凰岭，沸沸扬扬龙泉人。

大木纵横龙泉寺，八人僧团天下闻。

闪闪金匮耀京华，丝丝豪气干浮云。

莆师鼓吹盲禅修，才女凌空哀芳魂。

凤凰岭外凤凰女，随喜活佛晓晶真！

绕塔三匝功德远，石桥几度泪沾巾。

旦歌霓舞

歌海舞潮八方爽，人逢新元自欲狂。

京华流彩花灯艳，寒梅隔岁送天香。

新岁始觉星汉远，元旦如歌华梦翔。

桃板随心变锦绣，万象舒怀舞霓裳。

五福临门初心在，四季平安天鸡乡！

冰月寰瀛

日日月月寻常见，唯有今夕月最明。

九秋天寒星辉夜，万象人家仰月迎。

清风雾霾吹天尽，晚霞冰月洗寰瀛。

今古人月递相随，短行长行长长行。

来日应见今夕月，苍天雨花长短亭。

铃醒云鸿

钟声隆隆大钟寺，惊天动地惊霓虹。

熹光微浅二里头，铜铃摇醒太阳红。

四龙曾徽演楚殇，千古绝响曾侯钟。

金声玉振妙音成，钟鸣鼎食天客隆。

景云大钟明一统，连天声浪傲九穹。

廊园九亭大钟寺，撞钟觉禅望云鸿。

赑屃①古槐

京师首善文化街，碧瓦红墙观沧桑。

善而又善国子监，古而又古大牌坊。

一街古槐度人生，三朝府学育贤良。

光宗耀祖集大成，新树繁花云天香。

三千弟子孔圣门，五万进士石碑墙。

乾隆石经正国运，辟雍泮水论皇纲。

书生有意观孔庙，赑屃无语傲序庠。

自古无用笑书生，千秋万载书生狂！

【注释】

① 赑屃：驮负石碑的动物，一般人以为是大乌龟之类，其实不是。驮负石碑的是赑屃，是一种喜欢负重载物的神话动物。

羞仙娇红

游红望尽百望山，红叶仙子漫山飘。

红枫红栌红梅李，似雾似幻似羞娇。

西北太行叠嶂远，京密引水绕山腰。

东南京华气象新，霞晚林霭映鸟巢。

三峤鼎立望京楼，望尽京华望汉霄！

走游中关村

日日走游中关村，中国名校一手招。

清华西门对北大，北大方正好发飙。

北大东门对清华，清华紫光正云飘。

人大居中中关村，舞天舞地舞妖娆。

闲来无事走京华，沃云欲比天云高。

惊奇饲料博物馆，动物医院争时髦。

虚拟现实中关村，微软华软金山豪。

梅园原子催花艳，清河二炮战神抛。

中关村啊中关村，离骚宽骚朝天骚。

琉璃海王

八百年前海王村，如今煌煌琉璃厂。
中华文化大观台，琉璃廊桥美人妆。
关关雎鸠听静静，踯躅萦怀水一方。
二十四史嘻嘻翻，穿越风雨感沧桑！
京城峨冠赛奔驰，八方布衣竞恓惶。
笔墨纸砚寻繁华，寒梅香满四宝房！
咖啡品评荣宝斋，鼎彝书画阁轩堂。
可怜汲古读书人，文景媚诱醉春光。

霾海雾花

至日京城不见城，雾霾红警报天灾。

晨昏不见日月云，阳雾阴霾交相来。

缥缥雾纱昏昼夜，滚滚霾海淹楼台。

雾里看花花非花，霾中作乐霾非霾。

苦待狂飙吹六合，开门见山舒心怀！

云梦菲芳

旧朋新友相见欢，动衷形色喜洋洋。

云空旌扬京华梦，疑闻鸡窗豆蔻香。

大渡宝海作奇舟，勤登珠峰尽飞觞。

月华无意争日辉，丽人有情竞菲芳。

传语尽意大世界，舞艺倾心小演堂。

风月无边彼岸花，涅槃浩歌火凤凰！

乡思云飞

观云生情乡思飞，乱云飞尽天边情。

日西帝都曛远郭，天涯孤云歌大风。

天塔九弦乱弹云，少女一抹红唇萌。

柳丝依依翠微月，烟云袅袅晴岚峰。

千形万象瞬息变，吴云楚水山海盟。

自为南北东西客，彩云追日崦嵫鹏。

心云天台

炎炎夏至游奥园，丝丝凉风吻唇腮。

绿野青青花欲燃，葵女翩翩乘风来。

鼓蛙鸣蝉笑金鸦，招蜂引蝶颂洋槐。

萱草花深虚空席，红衣绿荫绕徘徊。

萍浮舴艋清风意，鹰生昊穹天歌怀。

裸裎袒裼竞猛男，娇媚嫣妙喜野孩。

满园夏色天人菊，遥想心云汇天台！

卷六　红尘染月

明洞千禧

独在首尔为异客，淑明窈窕歌凤凰。

汉江大桥流香影，南山明珠捉迷藏。

明洞本是不夜城，人人元夜喜欲狂。

烟花怒放耀白昼，福音祈祷任天堂。

千禧歌呼大海潮，万方舞迎新曙光。

只影闲眺婵娟月，可邀嫦娥尽流觞。

东瀛胜境

河口富士倒影美，晴阴雨雾乱云烟。

东瀛胜境芙蓉峰，仙花映湖巅望巅。

富士五湖吞云水，忍野八海魔镜天。

晶花玉雪一冕冠，惊雷瀑布万丝帘。

从容仰远释迦岳，圆月西天照无眠！

新元芳馨

天大地大学问大，高山流水听知音。

中传邀讲言意象，新元更觉天地新。

大怀有勤登珠峰，小学无意标初心。

汉字汉语象为魂，无魂何能渡迷津？

狂风荡云扫阴霾，万象人生笑芳馨。

远邀感怀

偶遇云龙一瞬间，人生无约也相逢。

聊说诗魂言意象，一纸邀函万方情。

东海西洋知心汇，曼岛长街寻友朋。

相逢似乎曾相识，清酒一壶歌如梦。

自由女神擎天炬，缘来西洋双鹤鸣！

蟹饼牛友①

人人都说家乡好，唯有乡味忘不了！

咔嚓咔嚓回卤干，汉堡蟹饼少不了。

走遍美国五十州，唯有蟹饼忘不了！

牛友美人麦乐妮，三宴蟹饼心火了！

从来美食夸中华，如今蟹饼回天了！

【注释】

① 久居美国的友人说："个人感觉美国五十州最好吃的当数马里兰的螃蟹饼，好吃得让人感慨美国人也会做饭了！"

放怀抢海

小河小溪小世界，大江大海大西洋。

浪涌渺漫千层雪，放怀抢海喜欲狂。

潮动沸溢万声雷，坐石笑海泛艅艎。

泱漭泰西何所见，孤茕海鸟伴浪翔。

今生只忆五彩湾，云鸥飞思越浩茫！

雪樱销魂

人间春月樱花美，三京观花飞烟云。

徒友尽我纵横谈，珞珈雪樱可销魂。

雪舞翩跹人文路，樱香袅娜沁园春。

花开花谢花有情，人来人往人更真。

劝君更进半瓢酒，樱花三月醉心神！

珞珈樱歌

樱花之旅最得意，言意玩象小文童。

育英天下浮生乐，尽心所欲意趣同。

随园情漫舞东湖，珞珈意满歌樱黉。

雪飞雪舞雪逍遥，花开花谢花从容。

百年难遇叹雪樱，三生有幸感苍穹！

樱春醉客

一阵清风一阵花，漫天云霓漫天霞。

樱黉①粉色醉万客，珞珈樱春乐天嘉。

年年岁岁花相约，岁岁年年相约花。

三京观花成旧忆，一朝赏樱美珞珈。

人间三月仙女情，天花散尽不归家。

【注释】

① 樱黉：黉，大学。武汉大学的樱花之美，享誉
  全国，所以称为"樱黉"。

洪荒神农

学问不问东和西，天然芳心一枝花。

自称野人小分队，闲来撒野神农架。

洪荒神农教稼穑，黑暗创世传天下。

十万大山十万景，四方江河四方画。

东边日出西边雨，六月飞雪成炎夏。

纤夫裸体拉舟行，神农梆鼓催文化。

豹口救人陈传香，巾帼武松真豪侠。

世外桃源大九湖，红坪画廊神农峡。

板壁龙潭金猴岭，峰奇谷秀风景垭。

天河流水野人洞，似锦似花鬼神讶。

绿水三潭野人谷，青天一线烂漫洽。

但愿再登神农顶，九头仙鸟鸣佳话。

清酒一壶饮山鬼，天人合一颂易卦！

古樱上野

古樱春花乱烂漫，金乌西坠崦嵫春。

熙熙攘攘上野园，野红乱绿欲迷魂。

铁干虬枝古樱绿，柔曲花雪胡枝寻。

金石灯笼大佛塔，菡萏翠盖馨香村。

不忍池畔辩天堂，洗手洗心洗新婚。

巨柳成精绿云乱，京都上野幸黑门。

哇哇鸦鸣何所求，求签求缘求乾坤！

一群美人背影远，万朵云霞赠黄昏。

青春神踪

雨雾青春花中花，高阳炎月农神农。

青春笑伴武当山，蜿蜒翠微云雾崧。

一柱擎天玄武化，三门绝壁南天通。

琼观飞凤朝云远，驿亭鸣鹈夕阳红。

楼台巍峨烟霞巅，金顶辉耀太和宫。

清溪绿水映道象，深山潜壑藏神踪。

遥想林泉隐仙侣，天地交泰微言同！

玩童怡仙

野趣盎然鄂西北，玩童怡仙驾云烟。

美幻美灿野人洞，灯梯直上浮青天。

活灵活现石滑梯，飞身直下玩童年。

神农架中牛羊欢，野人谷里铁索悬。

慈航普度观音洞，金顶闪耀万锁连。

璀璨瑰丽诗经城，怡诗怡人怡如仙！

春樱珞珈

牧野春欢小放牛，随园幸结三生缘。

春辉春蚕几多情，圣诞祝福传微函。

人生一世天地远，天涯何处可凭栏？

山水一程说语情，但愿人人可寻源。

曾梦东湖随心游，春樱烂漫珞珈山。

南浦西津

南来北往千船远，日入日出万象新。

临江弄堂石库门，闲坐露台谈古今。

船客不知何处去，南浦笙歌送西津。

悠悠踏歌送白帆，匆匆影舞尽欢欣。

一碗香茗代酒狂，万众唏嘘共沾巾！

璀璨惊象①

沪上万千摩天楼，璀璨恍惚惊一象。

熙熙攘攘城隍庙，花踪寻味万街香。

东浦仰天洒明珠，西浦俯踵触梦乡。

沧桑何须问汉清，屠牛今为龙腾骧。

喜马拉雅大观台，似曾相识唯一江！

【注释】

① 上海南京路，某摩天大厦通体璀璨，一个巨大
汉字"象"镶嵌其墙，光彩夺目，观之久久，
则令人浮想无限。

梁溪客怀

今过梁溪思梦溪，梁溪梦溪何家溪？

父辈少为梁溪客，不知何时归梦溪。

一生无作帝都梦，白驹笑谈出梦溪。

可歌可颂大中华，夕阳玉霞万家溪！

方塘野凫

曲路辗转奔马桥，东风吹雨小鹿头。

大道通天何处望，高树浓荫娇花羞。

方塘野凫逐碧波，绿野高鹅傲白头。

寥廓恢恢大世界，寂寞赫赫小红楼。

夕阳朝阳何所似，荫绿深处白云愁！

月静秦淮①

一弯秋月静秦淮，谁点天仙下凡来？

翩翩王谢堂前燕，花灯漫舞凤凰台！

【注释】

① 南京友人微函邀说："前不久，我在我们微博
  上发了个帖子。一弯秋月＿＿秦淮。请网友填
  一个字，反映秦淮月色的浪漫和古韵。网上填
  了很多，如：醉、映、照、抱、钓、撩、渡、
  上等。能否请您也填一个，并赋诗一首，让我
  们欣赏欣赏。"

翠微鳌峰

峭峻浙西悬崖险，迷茫皖南羊肠狂。

江浙高速两重天，沟壑峡谷四方藏。

湍水倏忽万里流，翠微逶迤千仞冈。

越野今路攀翠微，盘山古道望断肠。

鳌峰华灯耀京沪，宣城一夜转清凉！

云桥天路

漫游敬亭望四野，拾级翠微踏幽空。

云桥通天孤云闲，霞江奔海万金熔。

双塔有情比肩立，一峰无意擎天雄。

竹海幽幽绕曲径，梯天叠叠美仙容。

敬亭山下弘愿寺，众鸟高飞迎彩虹！

柳岸芳华

湿地无意连天碧，滩涂有情盐蒿红。

双双悠悠丹顶鹤，逍遥沼泽芦苇丛。

盐城水街最盐城，溢彩流光飞霞虹。

串场人家醉豪放，柳岸芳华尽芙蓉！

春梦金陵

彭城铁瓮南北徐，北京南京新旧京。

星月依稀子规啼，云山熹微雄鸡鸣。

卯角嬉戏芙蓉楼，含饴弄孙金山情。

豆蔻天纯奈命何，花红春梦笑金陵。

帝都苦读意乘桴，清风两袖飞西行。

华府擎旗迎国魁，苦尽甘来博文凭。

春风吹洋大欢天，乐家乐国乐世平。

汉城秋红

淑明识君世纪交，几度夕阳映黉冈。

秋红汉城银杏天，兜风登山心欲狂。

京华春绿杜鹃红，伉俪翘首吟书窗。

东吴古道彼岸花，西津古渡望东洋。

如今犹爱崔致远，金陵夜雨扬子江！

豆蔻洋槐

离离合合大彻悟，悲悲喜喜警世钟。

春夏洋槐醉人香，豆蔻年华向日红。

绿野寻踪大伞菇，清夜追欢小萤虫。

男生皮顽二花脸，女生羞涩赛芙蓉。

黑板报里看世界，杏花坛中走仙童。

几番回首谈沧桑，十万豪气竞英雄。

松柏敢创新天地，明政善舞可惊鸿。

干警公务亲为民，转岗退休更光荣。

人生最重师生情，一朝尽欢举牛觥。

荷兰花海心帆远，东方湿地水流淙。

梨园风光美恒北，莎翁小镇尽华雍。

飞鹤有情年年回，但愿日日梦大中！

花台晚钟

云海碧溪九华山，飞瀑耸翠心神空。

九江云雾绕九华，横空出世九芙蓉。

摩肩接踵九华街，香雾缭绕梵灵宫。

冰川遗孑天女花，莲峰云海凤凰松。

千级石阶登花台，万年睡佛卧苍穹。

张臂呼拥群山来，风情河水正沖瀜①。

挥手云飞梦何处，花台秋雨闻晚钟！

【注释】

① 沖瀜：水深广貌。《文选·木华〈海赋〉》：
　　"沖瀜沅瀁，渺弥淡漫。"李善注："沖瀜沅
　　瀁，深广之貌。"

风雨滩涂

无可奈何异乡客，无穷无尽大农耕。

云起云飞云龙山，缘山缘水缘三生。

曾为语学真才俊，踌躇倜傥归乡城。

风雨滩涂大世界，从此沪上听鸣钲。

红参细品漫咖啡，湖滨人家话鲲鹏。

一登丽思卡尔顿，万方明珠浦江腾。

天生龙才须尽用，笑侃乌兔东西升。

静安夏梦

漫天星斗悠悠夜，浦江晚潮悄悄来。

孟春日醒大观园，仲夏夜梦小舞台。

阴阳茫茫南柯梦，日月呆呆天人怀。

云楼森森静安寺，梵铃渺渺大上海。

美女白熊竞相戏，兰熏香沐可言爱？

冰心问天

黄海滩涂上大学，哪来哪去想当年。

青春峥嵘游云龙，三十年前修文缘。

夜来夜去夜游学，月圆月缺月无言。

阶梯苦读写华章，偷光凿壁开新元。

觥筹交错醉蹒跚，推心置腹舞翩跹。

赤橙黄绿青蓝紫，三蓝美俊闹烽烟。

喜怒哀惧爱恶欲，一片冰心可问天？

槐花赠郎

盐蒿红啊洋槐香，心心念念好姑娘。

洋槐香啊盐蒿红，念念心心望断肠。

盐蒿红啊洋槐香，槐花树下可彷徨？

洋槐香啊盐蒿红，槐花槐花可赠郎？

洋槐香啊盐蒿红，盐蒿红啊洋槐香……

风华红尘

高中只上一年完，峥嵘岁月好动容。

风华烂漫七里甸，书艺映辉童子功。

浴血啸傲大海战，风云诡谲幸从戎。

铅华洗尽任沧桑，红尘回望叹苍穹。

舞水逗白怡情源，冶山道院朝天宫！

浮生逝波

倥偬浮生叹逝波，荒唐十载费蹉跎。

堪怜稚鸟迷穷路，苦恨人妖舞绮罗。

一觉欢得如意事，三生梦死太平歌。

长江巨浪滔滔去，算尽机关怎奈何？

北固怀古

红楼默视千秋水，旧恨绵绵尽付流。

形胜空留三月美，繁华过眼六朝秋。

江山指点成春梦，鬼圣装扮化离忧。

独具忠心君不知，千年笑柄哭徒囚。

豪情溢江

平生酷爱唯清贫，无私无畏鄙浮名。

豪情一腔溢江河，壮心万里寄雄鹰。

自叹百年化清尘，独赞青松终长青。

三冬倥偬无悔憾，冬尽春来万物新。

岁月惊心

昔日同声颂张勇，四方呐喊评水浒。

互帮互学度三冬，调来调去同一组。

松青梅红千卉凋，质丽德清百美妒。

岁月惊心催逝波，何日畅谈乐吴楚？

孤亭晓舟

匆匆忽忽人生梦，祸兮福兮天人裁。

一片碣石秦皇岛，万里长城雄关开。

白鸽无影鸽子窝，赤脚踏歌赶海来。

空山孤亭燕塞湖，鸳鸯孔雀展情怀。

晓舟映日催远棹，夜涛疑语入梦槐。

始皇欲仙葬鲍鱼，万寿无疆笑可哀！

孤竹自古出豪侠，姜女寻夫哭天台。

悠悠荡荡辽西梦，空空嘘嘘可台孩？

荷溪月涌

清溪月涌疑无人，偕风狂欢入丽门。

康熙策马火神庙，避暑山庄天下闻。

四面云山隐秀亭，一湾碧水显清雯。

莺啭乔木曦翠微，鱼跃龙门月涌溢。

荫樾桑梓萍泮清，云开般若荷溪芬。

如意湖中如意润，一湖清水映国珍。

烟雨楼前烟雨飞，满楼风云笑天真。

峰原云飘

峰原一望八千里，谁饮流霞飞云烟？

燕山相汇兴安岭，倒瓮峰凸红坛山。

越野双骑迷莽原，烟尘滚滚遮阳天。

峰路万云飘碧草，平川一马奔逸仙。

白桦红柳金莲花，绚丽璀璨涂万斑。

夕阳淡淡崦嵫远，人迹匆匆塞罕安！

雨游伞舞

乌兰布统大喜雨，远客潇洒伞舞情。

噼噼啪啪车窗响，洗洗刷刷雨花晶。

一只手机一把伞，敞怀拥原笑击鹰。

雨侵草野碧连天，云遮牛羊踪影星。

烟云深处雨自狂，从此游原不心惊。

敖包云峰

野花匆匆为谁开，流云不知追何仙？

草色连萦绿野美，云河流空奔峰巅。

七星湖畔琴悠悠，百草敖包喜涟涟。

漫天云霞飞影过，花娇草羞惹人怜。

克什克腾大将军，跃马横刀可等闲？

霞影月河

一望无际大风车，原象万千骏马翔。

金莲映日塞罕坝，狼毒花开可断肠？

云霞影隐月亮湖，景峰翠微裙衣香。

骏马嬉嬉闹碧野，肥羊咩咩正徜徉。

莽原肆意风车转，转风转雨转天苍。

流霞人家

白桦金莲假鼠妇，流云美虹彩霓霞。

浑浑天海几小鱼，悠悠白云游天涯。

溢彩流金何处去，璀璨锦霞牧人家。

流岚飞馨醉远客，依稀薄雾飘蝉纱。

塞罕坝上七星湖，霞美虹霓赞女娲！

荷蓬葭花

人到兴化心就花，到了盐城不想家。

少闻兴化魅惑人，昭阳才子满天涯。

陈氏五门皆进士，父子科第天人嘉。

两朝相国留青史，一世清廉美名夸。

水浒元初乌巾荡，云飞水阔吊远遐。

如今李中水森林，曲桥卧波大黄鸭。

红杉矗天白鹭舞，黑鹃啼血黄昏霞。

满眼荷叶碧落尽，荷蓬仙子踏葭花。

吴云楚水人人寻，绿荫深处有人家！

青竹翠黛

一湖碧水万顷云，几条渔舟逐浪追。

青竹白帆翠黛远，蓝天绿水涛声微。

夕照璀璨鸣鸥鹭，树影婆娑钓余晖。

群山绕云太平湖，绿地亲水皇冠徽。

荡桥水人嬉玩天，万缕芳思伴霞飞。

水墨秋媚

蓝天白云太平湖，水墨秋媚小宏村。

昂首啸傲可飞车，挥手轻摘天边云。

几朵小絮几朵花，几番心意几番寻。

晨湖夕山怨坰野，蜿蜒逶迤绕天昏。

江南秋色媚春神，黄花白云可销魂？

浣纱云女

福寿子孙望白果，人生得意绕红杨①。

徽南水墨大世界，宏村风荷小月塘。

蓝天白云浣纱女，青瓦粉墙读书郎。

屋小容膝心事远，志高摘星宇天航。

夏雨冬雪春秋风，诗书礼乐阅华章。

竹露漫研裁心得，南湖书院映棣堂。

吴山楚水乐逍遥，田耕笔耕得意忙。

好事万般唯读书，仁善千面构高堂。

古树沧桑五百年，汪氏宗祠何见汪？

【注释】

① 绕红杨：走越黄山宏村，两度绕树三匝，仿佛就走越了一个宏村人的漫漫人生。宏村的南湖入口有两棵五百年古树，一棵是红杨树，一棵是白果树。宏村结婚的新人在结婚时要绕红杨三圈，以祈求和谐幸福美满；而过世的老人的葬礼则要绕白果树三圈，以显示多寿多福多子多孙。

遨游黟山^①

远路山路黄村路，平平静静真从容。

絮絮丫丫不禁风，驱车遨游黟山中。

曾瞟追尾惊心魄，曲路陡山显真功！

玉手拨巧方向盘，炯目观远越西东。

铁骑千里任驰骋，柔女似比猛男雄。

【注释】

① 黟山：唐玄宗笃信道教，于天宝六年（公元
    747年）诏改黟山为黄山，黄山之名一直沿用
    至今。

风飘萍浮

难兄难弟龙城人，知青知心知华年。

豆蔻无奈苦海涂，望心有幸话诗篇。

寒冬赤脚东干河，炎夏汗雨润大田。

早春育种营养钵，晚秋喜摘白云棉。

蒹葭茫茫北大圩，晨曦弥弥南来船。

玩稿新华含笑过，致信朝鲜赞新鲜。

兵团一别跨半世，风飘萍浮叹逝烟。

如今长欢天伦乐，可羡鸳鸯可羡仙！

餐厅微女

上海房价天上天，日光月光年年光。

柔弱贫微餐厅女，含辛茹苦闯异乡。

一日半条犊鼻裈，十载三平小茅房。

望穿秋水望天鸿，红颜无奈青春荒。

大庇天下呼盛世，醒天悟地唤爹娘！

缠绵春染

一江冬水向春流，春来东风好凭栏。

京华烟雨赶春来，春醉缠绵望江南。

如今又饮沪江水，春归无影情何堪？

江南送友名古屋，春尽欲歌桃花潭。

明年赶欢江南春，姹紫嫣红和春染！

钓尽春风

千山漫水千岛湖，万方育情万天光。

三千西子柔情水，千岛飘绿白云翔。

凝碧叠翠红尘远，绿水青黛紫霞茫。

鹂鸟鸣转尽温馨，薄岚幽浮漫樟香。

繁花朦胧长桥月，天色空灵心歌航。

逍遥听风梅峰岛，云梦飞影白玉堂。

扁舟独钓太公乐，钓尽春风钓斜阳！

蔷薇燃情

姗姗来迟春姑娘，南北东西春难同。

礼佛京城凤凰岭，嶙峋寒石逼云空。

养神默感飞高铁，驰心顿觉闻春跫。

游人叠乱上海滩，骚客独步万花丛。

晚霞不知何处归，蔷薇燃情映天红。

知青歌梦

同庚同命同患难，阔别半世忆大丰。

知青岁月歌如梦，黄海滩涂乱转蓬。

难兄浑浑难弟悯，孤男昏昏孤女萌。

扎根兵团吼天云，挖冰干河滚地棚。

芳心无意追天涯，人生何处喜相逢？

从此京城古稀乐，天安云祥醉红枫。

山海寻经

上山下乡大时代，天山黄海苦农兵。

摇身一变土耳其，埋头十年山海经。

韶华放志天山牧，风云逞心黄海耕。

懵懂牛吼懵懂事，幸运龙动幸运城。

谁说知青老迈去，夕阳青山飞雄鹰！

薰袭伊丽

天山纵横五千里，大天大地大新疆。

伊犁大河西北去，跨国奔流北冰洋。

天山映雪碧空净，乳海连云马群徉。

西风劲吹河谷绿，大漠深处望胡杨。

蝶舞花香朵朵云，毡房莽原点苍黄。

羊咩牛哞袅袅烟，鹰雁云空逗翱翔。

林海风涛桦林红，草甸绿波云杉冈。

经幡猎猎飘远魂，天梯静静斜丹阳！

一日忽然仙女来，薰衣袭人伊丽香。

礼佛天踪

无神无仙大斋会，有佛有道高岳嵩。

漫天蜻蜓扑面戏，清蒲幽篁飞紫茸。

大雄宝殿吹经号，訇訇铿铿漾梵声。

缁流布衣黑友群，丱角稚齿白头翁。

九流合道法自然，万方礼佛寻天踪。

无遮无碍少林寺，有天有地五乳峰。

功夫名刹仰武威，圣灵陟岵悟禅宗。

禅武医艺通精妙，机锋辩禅开冥曚。

青岚白露客嵩山，梵铃佛香寻登封！

探幽少室拜祖廷，杖屦塔林踏天蹬。

僧俗仰高释永信，灵隐紫霄明月风。

掌上飞刀二指禅，石锁铁掌搏虎腾。

金戈铁棍动地舞，缁徒貔貅惊天锋。

隋唐禅武传象教，英妙煜晗翠微中。

梵铃花雨

梵铃花雨美禅缘，心领神会望云嵩。

从容缘游少林寺，云飘烟缈松竹风。

一点梵铃万静象，千层壑岚五乳峰。

会意仰感奇达摩，痴心精修全禅宗。

岑碧如如叹灵隐，莺鹂嘤嘤思梵声。

礼圣洗尘沾花雨，拜佛微瞑显祖廷。

一苇渡江寻面壁，三陟藏遗天地中。

禅武少林美名远，天然自成法师功。

少林禅缘万心牵，翠微嵩高可禅耕。

嵩山云路①

嵩山云路驰八极，禅心忘情云水同。

潇洒忘情天道悬，极目纵心云路嵩。

曲径羊肠绕巉崖，嶙峋突兀碍天鸿。

飞云流岚漫龙峰，峻极嵩高逗天穹。

悬练鸡鸣飞彩瀑，千万珠帘千万虹。

高士散漫隐箕微，芳荫苔蔓听溪淙。

嵩门待月何时归？清风毛妮待晚钟。

一生一世一双人，几心几意几万荣。

祈福心愿倾城恋，山花笑对青山红。

绝壁册立疑晴雪，黄河一线观云松。

遥想夏禹涂山妹，奥奇嵩魂三皇宗。

千佛迎宾云空游，夕阳夺魄惊卧龙！

【注释】

① 中岳嵩山，既有儒、释、道，又有神、奇、仙。观山云道者，索道、吊桥、悬空栈道之谓也。云游嵩山，心驰八极；祈福嵩山，心念一人，则如饮忘情水矣！

云屿峨眉

庭院深深三苏祠①，宦迹无寻谁可悲？

绿苔重厚淹古井，红墙环绕映翠微。

文渊学薮叠扶疏，屋宇堂廊邈葳蕤。

瑞莲启贤披风榭，天香云外眉山巍！

抱月亭前影澄碧，云屿楼头眺峨眉。

始祖可追苏味道，一门三杰文星魁。

庭院深深宦迹浅，文脉绵绵三苏辉。

忽忆千里共婵娟，夜深酒阑人何归？

【注释】

① 三苏祠：北宋时期著名文学家苏洵、苏轼、苏辙父子三人的故居，明洪武元年（公元1368年）改建为三苏祠。离别眉山，回望三苏，庭院深深而宦迹无寻，一门三杰而千秋文峰，因感怀而歌之。

封缸①开怀

镇中一别半世长，上山下乡无徘徊。

如今聚首已沧桑，青春风华可登台？

长欢长笑长荡湖，难分难舍难述怀。

唯有封缸醉夕阳，一醉方休入梦来。

【注释】

① 封缸：即封缸酒，江苏省镇江名酒，以前限量
  供应，每家每户春节发票限购一瓶。

卷七　瀛海微澜

骚赋体·感恩我永远的中国人民大学

　　中国人民大学，是我永远的大学！岁月倥偬，星转斗移，沧桑笑谈，弹指瞬间，八十年矣！故以自创骚赋体诗贺之。

　　君不见，京城之煌煌兮，长衢之悠悠兮，有泱泱鼎鼎环宇闻名之"双一流"中国人民大学也。

　　　　幖徽醒耸兮皓皓旻云，

　　　　熠熠燏燏兮山高水长；

　　　　簧宫巍峨兮青青子衿，

　　　　激激昂昂兮天远地广。

　　　　想当初：

　　　　陕北公学，丹丹初心；

　　　　华北联大，静静岁阴；

　　　　共和翘楚，真真星辰；

　　　　朝闻夕死，依依知音；

　　　　三生有幸，傲啸回春：

　　京华识韩，人大从教兮衣食父母；

鸡窗启晓，毕生仰望兮潇洒追伍。

至于黉宫人大，衮衮诸公，鸿儒俊彦，泰斗鸿猷，大师巨匠，存续继绝，彪炳日月，数不胜数：

临一勺池而感阴阳以叹春风骀荡兮，

登世纪馆而怀古今以思夏雨迷茫兮，

逗百家园而观动静以明秋波泱漭兮，

瞻人文楼而醒天地以喜冬雪纷扬兮。

呜呼，往者不可追，来者不可见！大局大气大义兮唯大为尊，人民人本人文兮唯人为魂！

实事求是兮母校达训，京华瑞云兮无边无垠，

协同创新兮大师名闻，京华祥云兮无垠无涯，

莘莘学子兮天下人文，高天叠彩兮无涯无休，

巍巍宏业兮国民精魂，京华风云兮无休无终！

双调花非花·祭拜乡人赛珍珠

梦非梦，路非路。

十万里，人桥渡！

登云楼前戏风筝，风车山畔笑郎鼓！

亲非亲，故非故。

原乡情，西津渡！

京江一别八十春，绿山芳魂有觅处！

永遇乐·京华上元

千古京华，红男绿女，霓虹灯处。

烟霞紫光，笙箫歌欢，云散风吹去。

清月玉轮，广寒蟾宫，人道嫦娥永住。

看今朝、芸芸莘莘，如醉如痴如虎。

南徐北徐，南京北京，赢得当面北顾。

二十八年，刻骨铭心，颠沛西洋路。

可堪告慰，梦想成真，一片欢声锣鼓！

仰天笑、大江西去，心主沉浮！

贺新郎·鸡唱大白

　　翘首大西洋。正春光、教授名流，辩论酣畅。古今中西看星云，智慧长河荡漾。应料知、崎岖学堂。光阴荏苒两千日，一笑人间万象！送子去，真思量。

　　更那堪少年俊郎！望重洋、银汉灿烂，心路苍茫！梦醒京华无觅处？时时山高水长！感大师、观人识象！不恨洋人吾不见，恨洋人、难尽识楚狂。浮大白、听鸡唱！

万里春·千彩万象

千彩万象，

遽太西新浪！

小俊郎、胆卧薪尝，

蜃楼何处望？

滞数载迷惘，

竟天在、孤读彷徨！

遂宏愿、风却韶华，

万里春如想！

步蟾宫 · 西洋问学

西洋问学崎岖路。

叹风华、痴狂几度。

品洋玩象论浩学，

望何夕、蟾宫独步？

今年三月春花怒。

踊跃师生争睹！

鸡窗闻舞小俊郎，

谁知道、万千辛苦？

东风第一枝·贺喜

蓝鸡晓早，

绿荫深处。

明媚春红普度。

一枝高巍芳菲，

几番任凭诟妒。

韶华风舞。

从未说、异国孤独。

应可慰、雄占东风，

一枝傲睨万树！

曾叹象、佛心胶柱，

可望洋、婵娟玉兔。

感恩大师遣送，

笑奏凯旋乐谱！

怜人辛苦。

京华人、风光北顾。

最愿是、春风得意，

早早携美归去！

莺啼序·金陵春怀

金陵故都正好，踏三江沆浪。

新街口，挥洒风华，可谓春梦漾荡。

凭谁问，白头归来，春风得意何惆怅？

孕原乡情结，随心随意欢畅！

最忆江南，凤凰台上，绿酒竞壶罍。

吴歌起，少小堪狂，黄金难买时象！

梦秦淮，乌衣巷口。叹王谢、堂燕飞忘。

转瞬间，雪月风花，青春无恙。

江南最忆，柳绿鸡鸣，樱花烂漫放。

凭栏处、钟山远黛，玄武荡桨，白鹭纷飞，阅江弥望。

江南最忆，单车双竞，钟山京口数山隔，记当时、汗雨无计量！

梧桐大道，风清清雨绵绵，谁曾执手同往？

韩家巷北，丹凤街内，看舞勺舞象。回眸时、婷婷爽爽！

落雁沉鱼，仰天依霞，风流倜傥。

奇缘一笑，芳心万福。荷花彩蝶梦静夏，天海潮、月月天天涨！

如意锦绣江南，一曲吴歌，东南回响！

古歌行·双十句

甲午马尾新伉俪，玄武鸡鸣囍鸳鸯！

天成注定三生石，佳偶全凭一媒娘！

鸿案齐眉倩倩女，雀屏中目俊俊郎！

乘龙吟絮乐融融，珠联璧合喜洋洋！

白鹭洲外王谢家，梧桐夜雨蝶花香！

喜欢成囍囍成对，喜爱成爱爱成双！

融为一体日日美，合如一人步步罡！

从此执手奇彩路，宜家宜国宜天方！

羽羽螽斯衍庆来，绵绵瓜瓞满华堂！

如今圆满向平愿，和鸣锵锵世代昌！

五彩结同心 · 贺春

芳菲春越，人面花眉，袅娜风柳娇容。

谁引凤凰舞，梧桐雨、生发万紫千红！

翩翩仙客妆新宇，芳心笑、彩蝶花丛。

争相看，天方宾客，欢郎抱美情浓！

彩云万分奇炫，赢飘飘洒洒，玉女金童！

羡满堂春色，争华艳，鸳鸯囍水游觥！

万樽开颜良缘祝，真仙侣，海阔天空！

有人说、朱陈秦晋，好侬云识天宗！

青玉案·西津元夕

放情元夕万灯舞，

云台阁、西津渡。

恍惚人间金普镀：

云鬟花露，

轻歌曼语，

款款婀娜处。

万灯星海羞人路，

一地婵娟梦仙雾。

五十三坡伊独悟：

流丹飞阁，

层峦耸翠，

可盼春神顾？

三叠忆江南·余杭想

余杭想，良友数广宣。

处女练习千字真，功德怡世万天悬。

能不想广宣？

余杭想，挚友数孙君。

南北长欢谈马氏，东西遥望论英群。

能不想孙君？

余杭想，真想好余杭。

电报一封三代爱，挂平双书一世罡。

能不想余杭？

天净沙·彩云归

秋风夏雨春江，

雪飞冬尽新阳，

感地歌天舞象，

心怀浩荡，

彩云归月何乡？

南乡子·天渡扁舟

极目忽移眸,

天下英雄北固楼。

我往你来无限事,

何酬?

谁会凭栏喂鸟鸥!

天渡几扁舟?

沆浪奔波远路愁!

旧雨或过新雨好,

谁俦?

是否途牛可伴游?

好离乡·棹横春风

青少好离乡，

花甲归来满鬓霜。

忆棹横春风万里，

茫茫，

恰似溪河入大江！

意气或光芒，

峥嵘崎岖小僻乡。

得失人生无尽象，

歌殇，

立石当年江岸旁！

云水如意

胸怀祖国发宏愿，放眼世界萌新苗。

当年考研全球寻，赫尔辛基忘年交。

平生未有一面缘，从往更添万里遥。

一年一度鹅毛信，三言两语心火燎。

人生真诚云水远，笑看翻滚如意潮。

半世沧桑

半世归来半世长，天南海北尽沧桑。

卯角豆蔻戏虹桥，水漂玩打荷花塘。

长江儿女善弄潮，乘风破浪四海航。

大牛一声惊远梦，双子天涯感同窗。

丁师嬉笑指好佬，费生仰数三代芳。

少年出走乱云飞，重逢正闻秋花香。

人老天老心不老，古稀耄耋可徜徉！

桃李青蓝

桃李青蓝新春汇，踏雪饮醉诉衷肠。

京华忘情高铁飞，金陵示意瑞雪狂。

蹉跎皋比赢华年，雪窗遥遥忆鸡窗。

源江围欢尽兴处，一语三笑暖寒江。

杏坛道传木芙蓉，梧桐霜染金凤凰。

翩翩学子皆王子，风骚竞领万业强。

饮流怀源一杯茶，学成念师九花香。

人生得意桃李晖，普天环望无景荒！

慰心乐事青蓝颂，言意象中观沧桑。

滴水涌泉

友生从教赞比亚，唯学唯文唯冰清。

一朝师生人大人，万里鹅毛情中情。

箪食瓢饮一勺池，传语颂孔万国行。

华年深深慕老庄，蝶梦翩翩追魂灵。

滴水涌泉谈笑事，人生无意逐输赢！

烟云追风

烟云追风何处去，心海深处飘流霞。

京城小聚别样欢，回首惊缘歌大华。

朦朦胧胧岚山月，飘飘渺渺云湖家。

往事不堪补天情，何必石破望女娲？

如今潇洒歌江南，烟云飞处可观花！

梦溪融缘

青春无春水似云，梦溪有梦云如烟。

蓦然回首望天命，对酒当歌忆流年。

碧草芊芊大王甸，琼花菲菲瘦西前。

风风雨雨梦溪路，自自在在微夷天。

韶华无意北固楼，圆融如初今世缘。

青春花红

人生大戏无彩排，曼舞长歌喜峥嵘。

五峰山巅横江东，王气泱泱藏卧龙。

金甸银甸大王甸，香花香月天女容。

黄浦江涌大洋潮，青春浩气怒飞虹。

羊年初度不惑后，劝君折花当花红。

芳菲天涯

区区小钱八块五^①，隆隆大恩一生赢。

天涯荡漾三春晖，海角沸腾八方情。

乡国一鸣甲天下，花春花秋花精灵。

芳菲思源满天霞，一任万里尽春风。

【注释】

① 八块五：1965年在江苏省镇江中学读高中，享受八块五角的甲等助学金，而当时的伙食费是每月七块五角。

云歌大风

蹉跎岁月大时代，云飞鸿鹄歌大风。

雨润桃李肆意芳，莺飞草长随心萌。

龙翔云海云水怒，虎跃山岚风雷惊。

喜逢锦绣花春秋，风雨过后霓虹情。

放缘三生

一辈一辈又一辈，放缘三生心心连。

五十年前七里甸，翩翩少狂懵懂怜！

浑噩一觉"文革"梦，从此人生荡秋千！

天池丹鼎读书台，无想寺下可追仙。

如今相逢天生桥，谁不喜说三生缘！

笑待期颐

雨润春晖桃李恩，金山慈寿祝师尊。

依稀韶华七里甸，绛帐恩深冰雪心！

七夕银河开月阙，玫瑰霓裳慈龄新。

南山松翠东海水，杖朝笑作期颐吟。

师情生谊共祝福，泮水重游奏佳音！

豪雨豪情

漫漫西洋财富路，可怜一片儿女情。

黄海滩涂放青春，云龙山麓歌大风。

梁溪有情迎娇客，梅园无意惊鸳梦。

一朝谈笑休斯敦，十载拼搏天命翁。

人若有情天点赞，豪雨豪情喜相逢！

六合八垓

九州瀛海大都市，人类文明破天荒。

联翩打造现代城，东望一片苏锡常。

笑建国际大都圈，西望一片宁镇扬。

六合汇通天地欢，八垓无疆万方祥。

从此腾飞大世界，江南春好赛天堂。

九思①万象

人生观照言意象，九思万方天人聪。

缘起海涂彭城梦，言意观照叹西东。

立言始创借代义，思疑更显羡余通。

曾为五论探名名，词义系统创奇功。

一旦九思看语文，指点万象尽望空！

【注释】

① 九思：言意象人生观照中的九思——为廖序东
   先生百年诞辰纪念暨学术思想研讨会而作。

铁树新花①

朝朝暮暮读汉经，懵懵懂懂爬格郎。

洋洋洒洒羡余文，潇潇洒洒投稿王。

香港中大无所见，四年从来不思量。

忽然铁树开新花，一字无漏好文光！

【注释】

① 我于1979年读研究生期间完成的论文《汉语
羡余现象述略》，因为长达数万言而无法刊
发，1983年投稿给香港中文大学《中国语文
研究》，四年之后而于1987年由香港中文大学
《中国语文研究》全文刊出。特以小诗记之。

白首纷如

小学俱为童子功，白首纷如问天俦。

广雅功臣为王钱，一证一义堪双优。

如今友生作校注，精研检度正纰缪。

学问阶路唯心会，穷经通训耀春秋。

依旧大牛

弱冠农耕小地牛，古稀依旧韩大牛。

老街古巷走一遭，人人直意呼大牛。

笑问大牛北京来，岁月牛耕半世秋。

古稀耄耋鲐背笑，峥嵘岁月海上舟。

故园一别五十载，东西南北风萍游。

应笑释褐满床笏，大牛依旧是大牛！

八垓万象

一江春水流月影，万山秋枫映日红。

帝都天高人大人，南来北往鸿飞鸿。

四时六合歌慷慨，八垓万象梦天宫。

风雨散花五色果，云烟聚岚三仙松。

遥看天辰日月配，嫦娥应感后羿功。

歌骚楚殇

如泣如诉大提琴，若离若骚小彷徨。

端午仲夏吴云雨，彩线网蛋菖蒲香。

卝角插艾驱瘴疠，古稀歌骚叹楚殇。

龙舟香粽为屈原，盐梅冤魂传愁觞。

鬈丝日日梨花白，心扉年年金菊黄。

少年歌节赢多情，老来祭原争楚狂。

千载一瞬人神远，万古一人易沧桑。

归去来兮

归去来兮东门坡，梦溪原来好笔谈！

归去来兮西津渡，几点星火好观澜。

归去来兮南山台，文选昭明好伐檀。

归去来兮北固楼，第一江山好凭栏。

青春无怀京华梦，归去来兮好艺兰。

璞玉璀璨

璞玉浑金待识时，大器从小看张扬。

姚桥绅士创学堂，一代更比一代强。

文心璀璨映丹青，艺海波澜咏殿堂。

珠脑神算胜电脑，丱角幼女翔凤凰。

用心做事雕璞玉，真心做人孩子王！

筚路蓝缕

一人创业万般难，姗姗自行千里遥。

工薪大军上班去，浩浩荡荡万人潮。

独辟蹊径闯天下，形单影只匹夫漂。

筚路蓝缕走西口，独往独来近天骄！

忽然一日登高望，万人何如匹夫翘？

青春无痕

山人无舟黄海游，青春懵懂了无痕。

人生匆匆天地客，红尘滚滚云水心。

桃红柳绿春华梦，风花雪月何可寻？

江天大演沧桑变，歌舞万方唯天真！

豆蔻荧荧

风起云霞飞，笑看烂漫花。

豆蔻美荧荧，人人夸小丫。

弱冠游泮水，芙蓉沐朝霞。

春夏秋冬美，琴棋书画嘉。

谁怜小窈窕，长随走天涯。

羞问鲲鹏远，云深有人家？

童趣逍遥

少年玩水不知愁，柳塘月影好吹箫。

叫鸡更作夜莺鸣，赢取夜莺滴滴娇。

古稀玩水大西洋，家愁乡愁连云飘。

海鸟犹知远客意，徘徊流连逗风骚。

特拉华湾吹吹风，大西洋滩弄弄潮。

最爱夕阳拾彩贝，拾得童趣可逍遥？

巾帼骑士

风驰电掣闯天下，中国摩旅阿拉飘。

巾帼骑士汇英雄，摩旅万里任逍遥。

饮露餐风铁骑飞，冰川天路逞雄豪。

今日笑傲登珠峰，千山万壑拜尔曹。

峰巅登越为君歌，生女当如阿拉飘！

舞仙曼妙

一曲轻柔华尔兹，万耦催发香艳潮。

黑黑白白点点红，洒洒脱脱滴滴娇。

远远近近仙人会，真真切切天女邀。

青春舞动华尔兹，舞人舞仙舞曼妙。

谁说天鹅痴痴舞，舞取天地心旌摇。

馋涎欲滴

黑鱼面馆白汤面，鲜爽一片又一片。

黑鱼大补锅盖面，滋心养阴美魂仙。

黑鱼熬煮牛奶面，乳香奶白梦魂迁。

黑鱼白汤黑白面，昼思夜想拿魂鲜。

从此吃面黑鱼馆，美鱼美汤馋魂涎！

沙来沙去

凡身肉眼有糊涂，科学放大显灵犀①。

一花一花如如来，一沙一沙晶晶奇。

花来花去花世界，沙来沙去沙迷离。

花美怡人歌从容，沙大惊天叹嘘唏。

从此爱沙胜爱花，沙沙比花更虹霓！

【注释】

① 科学放大显灵犀：在三百倍的放大镜下，每一
   粒沙子都是晶莹剔透的千姿百态的宝石。

银铃迎客

小店就是摆地摊，做来做去回头客。

谋生谋面谋明天，银铃声声笑迎客。

艾园笋尖大面筋，柚惑蜂蜜特别特。

韩式米饼港荣糕，夏威夷果格外格。

牧童鸡爪亲嘴烧，泡吧三明得中得。

人人竞说小店好，明天再作回头客。

孩提无邪①

归去来兮无所想，朝朝暮暮饮玉霞。

朦朦胧胧小石马，熠熠耀耀大中华。

高厚深固追乔远，吴娃云梦竹马丫。

依依翠微羞羞笑，逸逸青岚灿灿花。

芳华有情可菲菲，孩提无邪过家家。

一任寒云随春水，云水奔欢尽天涯。

【注释】

① 儿时便知镇江有地名石马，很为好奇。孩提：
孩，笑。提，提抱。《老子》："我浊泊兮，其未
兆；如婴儿之未孩。"

花飞花舞

　　大千世界，无奇不有；微信世界，无缘不有。
网者，意也，缘也。

　　　　大千世界奇奇有，微信天地缘缘连。

　　　　山鬼洛神小一灵，百色千娇几万年。

　　　　惊鸿沉鱼春华韵，媚行烟视秋水怜。

　　　　花飞花舞袭袭香，微信微情依依恬。

　　　　清风静月秋红楼，婵娟皎皎似当年？

关山黄牛

美牛耕耘古汉语，吞剥古今意趣穷。

璀璨迷幻中关村，白牛纵横说西东。

一生构拟古汉语，呕心沥血白首功。

黄牛更知关山远，探赜索微越时空。

汉语三重言意象，拨雾驱霾现真容。

重洋万情

蓝天云流天方情，西洋水美大华郎。

非亲非故一家人，好爸好妈恩义长。

伉俪情深金婚美，三代同堂喜洋洋。

万里重洋万里情，百心云思百心芳。

青春有缘特拉华，星云浪漫好时光。

寒窗青蓝

轰轰烈烈知青梦，浑浑噩噩独彷徨。

一日侥幸工农兵，三年苦读望断肠。

谁知又回盐滩涂，考研促发少年狂。

苍天不负苦心人，而立再坐大学堂。

从此东西南北人，高天叠彩远故乡。

学子高考在华京，拼死拼活拼寒窗。

一别原乡七八春，悬梁刺股读西洋。

读书人家青蓝胜，风雨彩虹尽春光！

京簧情歌

人生调令几多思，懵懂浑噩青春红。

泥巴滚身干革命，壮怀微躯何为公？

十年风水回城转，一纸调令叹望空。

彭城熬煮十八春，挈妇将雏金陵虹。

人生尤爱情人节，冰心情歌动京簧！

青春烟霞

儿小嬉玩荷花塘，槐树有花引人爬。

半世归乡话当年，依稀襁褓正咿呀。

巍巍相思知青石，漫漫遥忆江南葭。

一天云水尽东流，八方青春送烟霞。

故乡相逢不相识，笑问谁是大牛家？

漂萍天涯

人生漫漫风卷云，天地悠悠自由行。

游子匆匆似流水，东西南北任漂萍。

冠盖如云满京华，潮起潮落一江平。

何必天涯寻芳草，无非长亭更短亭。

自古无欲心自安，云卷云舒不关情！

九觞一笑

九觞一笑人人新，东来西去南北新。

天来天去天天新，一天更比一天新。

月来月去月月新，一月更比一月新。

潮来潮去潮潮新，一潮更比一潮新。

人来人去人人新，九觞一笑人人新。

招隐采薇

瀛海九州歌慷慨，少年不知家滋味。

古彭云风随时远，金陵春梦谁可追？

一生无作京华想，嘲花咏月谈笑回。

清风无情送远客，招隐有意可采薇？

闻说东西南北人，归去来兮何家为？

青春依稀

京华一别十年梦，青春依稀美朦胧。

百色百灵百美娇，一勺碧水出芙蓉。

南池观心紫禁城，西津望眼千年鸿。

香草芳美拳拳心，水滋雨润日日红。

山鬼不知何处去，满目青山映霞虹。

斗转河横

少年云游大天地，乡愁一说万事休。

从此甘做"土耳其"，牛人牛意牛何羞？

谁笑东西南北人，一日何必问三秋。

名花无主名花主，何人何有万兜鍪？

斗转河横望天路，乡人何须说乡愁？

染眸花醉

千姿百态美人心，万紫千红染眸辉。

风月红尘万万情，娑婆世界千千味。

一旦有缘土耳其，八年荒唐梦玫瑰。

梦花花梦非花时，零落花尘花盼谁？

春风何来催花意，人面桃花逗意飞。

古稀赢纯

故国文化小世界，帝都风云大乾坤。

人人有梦人人梦，骄傲海淀文化人。

上下教化西三旗，古今文润中关村。

温馨如如连家乐，勤善绵绵歌爱神。

春夏秋冬万象尽，赢取古稀少年纯！

云台叠翠

晨出晚归园博园，燕台大观新奇葩。

鹰山高越永定塔，丛林绰约月季花。

云台叠翠锦绣谷，湿地鸣雁数蒹葭。

屿秋花洲镜台柳，湖春月浦莲石霞。

太空仙境中国梦，遥想天宫迎女娲！

卷八　光华缤纷

扇之秋

秋

枫红

彩蝶翔

淡云熏风

婵娟霓云裳

参差烟花社鼓

大江奔涌入心窗

抚今怀古北固怅望

吴女尚香万里祭情殇

水漫金山白娘访仙梦乡

登高携手更上五峰岗

品茗赏花行酒问月

敢信嫦娥笑吴刚

天街欢声笑语

彩霞飞九江

长河落日

金桂香

清风

秋

善人乐牛①

与人为善善为道，善人善己善天下！

助人为乐乐为牛，乐人乐己乐四方！

以人为镜镜为明，镜事镜情镜古今！

以老为尊尊为宝，尊天尊地尊自然！

以家为和和为贵，和邻和里和街坊！

以学为新新为奇，新事新业新天地！

以好为真真为美，真心真情真风尚！

【注释】

① 无韵座右铭，虽然无韵，但是特殊句式的对用
和递用具有无可比拟的连环推进作用。

耄耋期颐

人生感悟，唯有长歌：
弱冠之时兮，
顶"知青"之冠，
冠而不冠矣！

而立之时兮，
望"庠序"之立，
立而不立矣！

不惑之时兮，
迷"伉俪"之惑，
惑而不惑矣！

天命之时兮，
信"文曲"之命，
命而不命矣！

耳顺之时兮，

承"甘露"之顺，
顺而不顺矣！

满怀激情兮大享和颐，
人生峰巅兮耄耋期颐！

挂怀

挂怀是情　挂怀是思

挂怀是剪不断的情

挂怀是说不尽的思

挂怀是河　挂怀是海

挂怀是流不尽的河

挂怀是想不够的海

挂怀是你　挂怀是她

挂怀是心田里的你

挂怀是脑海中的她

挂怀是日　挂怀是月

挂怀是一轮依山而尽的白日

挂怀是一弯破窗而入的明月

鸟花对话

夜半未眠，翻阅白日一花一鸟的两张照片，似有所悟，遂有鸟花对话，以博一笑而已。

鸟：

我是一只鸟，

在树的顶梢高高地热烈眺望，

不知为什么眺望！

花：

我是一朵花，

在桥的河岸默默地寂寞开放，

不知为什么开放！

恍惚妙仙

想吃什么好，一口一个鲜。

昨个庆丰包，今个宴春面^①！

七夕哪块有，银河鹊桥仙。

迢递若无象，恍惚妙无边。

一日与君逢，万古心相牵。

【注释】

① 北京的庆丰包子，镇江的白汤面，都是著名而
又平常的早点。

课外辅导

菜农，笑靥如花，人称西施菜女。今与其站谈，得知其迫不得已为其小孩借债交了六万多课外辅导费，说者一脸无奈，听者一腔怒火，遂感怀记之。

课外辅导何其幻，卖铜卖铁卖破烂！

课外辅导何其峥，可怜可怜小学生！

课外辅导何其纷，补课补课补高分！

课外辅导何其病，要钱要钱要人命！

教育教育何其待，育人毁人天可哀！

彩云花雨

冬至感怀：等，是一种过程；等，是一种祈盼；等，是一种品德；等，是一种心情。

天明匆匆等黑夜，黑夜痴痴等天明。

一年三百六十日，等冬等夏等秋春。

月等彩云花等雨，海枯石烂爱等心。

一生三万六千景，等天等地等一人。

入泮知命

入泮者，入读江苏省镇江中学高一四班也；知命者，五十周年也。美其名曰新赋者，杂古赋、骈赋、律赋、文赋于一炉，以便于吟咏自乙巳蛇秋（1965年9月）至乙未羊夏（2015年8月）入学江苏省镇江中学五十周年而无限感喟之谓也。

高中毕业之际，大学停办，升学如上天而无路；工厂停工，务工似入地而无门，千山万山只有下乡上山：农村子弟则直接回乡，貌似归依而心灵备受煎熬；市镇子弟则悉数务农，流落天方而飘忽无所依傍；至于二三英隽贵达有幸从戎，实属凤毛麟角矣！

岁月倥偬，命运乖舛，星转斗移，人事沧桑，笑谈之间，五十年矣，故序而赋之云尔。

君不见，铁瓮京城之七里甸兮，有泱泱鼎鼎之江苏省镇江中学也。

乙巳蛇秋兮皓皓旻云，

昂昂极目兮天高地远；

戊申猴冬兮霭霭霾雾，

凄凄愁眉兮心慌意乱。

想当初：

莘莘学子，丹丹童心；

青青子衿，悠悠岁阴！

宵旰攻苦，清清大真；

朝夕厮守，依依寸心。

最可忆，溢溢漾漾兮春风杏林，浩浩荡荡兮皋

比教泽：

鸡窗启昧，三生有幸兮永世同伍；

鲤庭蒙训，一日为师兮终生父母。

有周师洁明君，视生如子，勤勤慭慭，情深深

而意浓浓兮；

有钱师学良君，视生如友，直直谅谅，思绵绵

而愿崇崇兮；

有黄师学渊君，为学如泉，汔汔汩汩，言切切

而志憧憧兮；

有干师平一君，为学如钟，铿铿锵锵，声慨慨

而音訇訇兮；

有明师蒋逸君，为学如酒，敦敦睦睦，语漫漫

而心恭恭兮！

最不忍回望：

有红代会者，轰轰烈烈兮昂首潮头；

有联委会者，翩翩翔翔兮针锋兜鍪；

有逍遥派者，淡淡泊泊兮偏安隅陬。

俱往矣，戊申猴冬一别：

洗尽铅华兮沧桑人事，

大浪淘沙兮书生意气。

临扬子江而感奔流以叹春波兮，

登北固山而怀古远以思冬傩兮。

呜呼，往者不可追，来者不可见！

流落天方者，千苦万苦，熬炼返城正果；

回乡务农者，千难万难，熔炼青春烽火；

有幸从戎者，一顺百顺，成炼德意自我。

至若而后，七行八业，九流三教，坦坦荡荡，

堂堂正正，数不胜数，道不胜道也！

有为工者，兢兢业业而为薪兮；

有从政者，清清廉廉而为民兮；

有经商者，风风光光而为金兮？

而若言教育，则一脉相承矣：

为师小学兮心系乡娃，

为师中学兮心育英佳，

为师大学兮心满京华。

踵武嘉美兮蔚为大观，母校达训也；

蹈方履新兮引以骄傲，吾师名闻矣！

吾闻古人有言曰：微莫微于天下之几，妙莫妙
于天下之神。

言有浅而可以托深，类有微而可以喻大：

纵心物外，荣华富贵兮刹那芳芬；

放怀情中，功名利禄兮隙驹浮云。

旦兮夕兮而旦旦夕夕兮，旦夕祸福而不可循也；

日兮月兮而日日月月兮，日月光华而不可屯也；

年兮岁兮而年年岁岁兮，年岁漫漶而不可泯也！

诸君以为然否？

乱曰：命乎，运乎？听命而从运乎，从运而听
命乎？呜呼，爱哉！愿日月常新，泮水重游！

旧笑新缘

　　观《神奇的宇宙》，震撼于地球的渺小，生命的伟大，生而为人是万万亿亿又亿亿万万缘分的耦合与奇遇。

人啊人，

万亿宇宙千亿人，

生而为人唯一回！

缘啊缘，

缘来缘去缘缘好，

日起日落日日辉。

爱啊爱，

一份相爱一份喜，

万念俱美万念归。

云啊云，

辞旧迎新一声笑，

可借白云挥一挥。

新元云歌

感慨于流云，感慨于新元，遂歌之：

云啊云：

云神云仙云啊云，

一分一秒都是云！

云啊云：

云来云去云啊云，

一朝一夕都是云！

云啊云：

云飞云涌云啊云，

一元一新都是云！

云啊云：

云变云化云啊云，

一生一世一片云！

啊，我的云！

金叶羞窗

梵呗诵经小僧郎，青灯袈裟古枫杨。

一夜朔风动怒吹，满庭金叶含羞窗。

娥辉月影迷金道，幻真幻色幻沧桑。

幽幽曲径绝尘埃，亭亭黄盖抖天妆。

飘飘洒洒自风流，何待春雨润嫣黄？

松寥枫霞

焦山恍惚前尘梦，大江泱潷后浪花。

李白犹邀仙人爱，松寥深处有仙家。

塔影泛鄰飘鱼萍，华阁呗唱惊枫霞。

浮玉逍遥十九桥，风华沧桑可谈暇？

江风乘月何人归，问花问酒问天涯！

白岛仙缘

白岛几人情绵绵，金山一泉荷莲莲。

烟云流瀑金山湖，绿柳赶春月亮湾。

白岛飞霞樱花雨，许堤叠锦黑蝶欢。

玲珑怡园问冰心，沧桑遗岛游婵娟。

千叶廊桥荷花淀，水漫金山仙人缘！

翠微花燃

烟雨南山春似海，泉涌溪流疑近仙。

九华天塔戏流云，古树荫泽润野蓝。

蜂蝶乱舞卪角逗，飞蜻点水髻龇欢。

听鹂犹觉婵娟远，翠微深处花欲燃！

赶春南山不觉春，只缘春海望无边。

烟岚槐荫

十里长山一条龙，蜿蜒盘陀伴云翔。

泼墨仙崖莲花洞，鸣钟兰溪春茶乡。

茶女不知何处去，茶妪漫山映夕阳。

三春秾艳桃花山，一夜清雨涌京江。

烟岚亭外槐荫村，仙女情配董贤郎。

江南神草刘寄奴，物华天宝星辰光。

如今笑登仙女峰，青山依愿飞凤凰！

茶境天眸

茅山北麓茶博园，茶情悠悠竞风流。

万象天下第一壶，活水冰心惊天眸。

长青嫩翠歌容宝，茗苑曲毫香神州。

老子茶馆悟茶境，百茶春园叹乌牛。

金山翠芽烟花雨，国饮品茗茶道酬。

茶家自有茶家乐，福地洞天正鳌头！

大野春梦

天高地远江海门，润岛焦滩大野荒。

花红京江徒渡口，风烟津要溯汉唐。

铁锚牵索万里船，彩衢引耀百花芳。

满眼璀璨情人菊，河塘湖堤缀春光。

野凫戏水飞白鹭，柳絮飏风逗鸳鸯。

莺燕舞春玉兰羞，桃花流水云鸥翔。

一路美丽月见草，无边蒹葭藏彷徨。

驿站红心徕远客，静看长河落夕阳。

清茶独饮春梦夜，书院可否阅沧桑？

紫韵迷魂

云水霓霞花蝶舞，十里长山任逍遥。

清夏唯美薰衣草，云水邀约锦鲤潮。

繁花无心蝶乱舞，香海有情人可娇。

一潭碧水独映红，漫地紫云尽飘峤。

倾城迷魂恋紫韵，长山深处听鹧鸪。

黛瓦碧波

几朵蓝花星星闪，一泓碧波点点樯。

孤岛黄花斑斓远，白墙黛瓦红梅旁。

江湾旧苇鸣鸥鸟，灵塔新柳舞梦乡。

南山渴望虞美人，北湖诱爱郁金香。

喜鹊放欢跃高枝，春色无尽歌艳阳！

珍珠湖畔相思桥，幸运谁惹梦花娘？

茗月流霞

金茗春花饮京都，一啜一眸忆江南。

山茗夏风饮寂寞，一品一叹可凭栏。

翠茗秋月饮流霞，一斝一瞡望阑珊。

芽茗冬雪饮婵娟，一歌一弦浸天欢。

香茗醉饮清虚缘，一飘一灵舞翠鬟。

清茗梦吟九如象，一沸一盈漾心澜。

千杯万盏故乡茶，菩提无树笑镜坛。

莲情羞芳

金山银山金银山，东塘西塘荷花塘。

东河细雨听幽泉，碧荷罗裙踏尘香。

西津羞风醒芳心，绿莲清骚点美妆。

南浦印露润芙蓉，吴歌越曲萦荷塘。

北池含翠浅新红，芳韵荷扇飘云裳。

菡萏成花莲莲情，婵娟流云尽韶光。

云暮藕花淹香雾，逝水荷语问苍茫！

雨润逗荷

夏荷秋荷金山荷，荷情荷意荷如如。

雨润逗荷第一泉，几多红荷几多舻？

红蕖怂恿芙蓉楼，翠芽娇羞金山湖。

白龙洞涌西湖水，情人桥悬冰玉壶。

碧波荷映慈寿塔，娇红可否醒醍醐？

潮音桐影

定慧潮音梧桐影，松夷海门碧玉天。

万川东注点三岛，一山永象望道仙。

石屋藏铭瘗鹤情，庵院槐荫芳草芊。

危楼观日万佛塔，岩洞寻仙紫云烟。

摩崖刻石观文澜，云林栖禅隐伽蓝。

悠悠晚钟催蒋宋，翩翩鸥鸟追婵娟。

汲江依依紫萝藤，流云飘飘清漪涟。

消夏一江广寒水，泛舟无尽心魂牵！

横街斜桥

飘飘扬扬小春雪，几人欢喜几人娇。

江南瑞雪得意飞，冰花晶莹美人蕉。

山门横街晨熹微，梦溪斜桥客寂寥。

大江耸峰扬子雪，长柳含翠新芽苗。

风神飘雪三千里，意马奔天任逍遥！

云台流霞

流光溢彩日月辉，春寒料峭涌人潮。

灯海腾波鱼嘴岛，玉霞飞虹美人姣。

星光月影金山湖，火树银花漫天飘。

龙凤呈祥西津渡，金猴舞美赢天高。

云台流霞观新灯，连江连海连天骄！

伽蓝灯缘

伽蓝育英初心远，华严三载感华年。

十方丛林定慧寺，历代祖庭传灯缘。

智光照耀大学黉，星云灿烂焦山巅。

弘法利生海云堂，丛林浮玉澄心虔。

上乘下乘千百度，杏坛缁素可宗天。

正觉涅槃拜心佛，五灯熠熠开新元。

愿为伽蓝一门童，观尽万象观华严。

定慧杏坛

桂香流溢浮玉秋，雨雾弥漫渡江舟。

浅浅溪河归溟渊，莘莘学僧从天谋。

穆穆定慧明净寺，巍巍黉宇任驰游。

狻座宝龛宗祖释，杏坛皋比喜尔俦。

何期万古成一人，苦学精进自鸿猷。

龙脉团山

荆蛮洪荒六千年，原野燧火启炊烟。

唏嘘恍惚新石器，亘古文明一线牵。

斫石削木结茅亭，烧土造陶兴家园。

江河湖海潜龙脉，桃李桑柳聚团山。

野菊脉脉含情远，花蝶翩翩舞天婵。

元祖不知何处去，古松长柳耸云天！

九重醉鸿

人生自有九重梦，九重登高放秋鸿。

人人酷爱九重秋，迎客秋花漫漫红。

人人苦思九重愁，迎宾秋楼昂昂崇。

人人乐愿九重醉，迎友秋心悠悠浓。

二十年后九重聚，重阳登高可从容？

鸡鸣寒窗

江南贡院夫子庙，华夏状元大讲堂。

建康太学文脉远，国监满街槐花香。

钦天山下四牌楼，鸡鸣学宫寒暑窗。

喜庆国家双一流，读书东南耀天光！

蝶岛夜怀

蝶岛夜深海口湾，风平浪静海呢喃。

华灯灿烂椰树影，心潮起伏启微澜。

依稀葱茏林麻黄，雪砂吻足香海滩。

遍地鸳鸯三角梅，向洋人家好凭栏。

桥影钟声美人远，几度相思到天南？

古榕春红

山呼海啸变乾坤，石破天惊飞云烟。

雷琼熔岩火山群，鬼斧神工万象迁。

天外有天洞中洞，洞中有洞天外天。

古榕蔽日贺春红，曲径通幽寻美仙。

万劫轮回涅槃春，造化弄人梦魂牵。

椰风吹雨

笑傲江天何所为，潇洒从容有文章。

海角周旋小扁舟，天涯翱翔金凤凰。

椰风吹雨三亚湾，碧水逐浪散霓裳。

小亭长桥观海韵，绿树流云尽山冈。

长荫漫绿行樾道，白鹭映红洒春光。

人生相见一线缘，可信可疑可彷徨？

九曲万泉

江河湖海大聚汇，山岭泉岛尽妖娆。

龙滚九曲万泉河，滔滔汇涌南海潮。

乘鳌补天何处去，牛童笑指一大鳌。

绿岛银波渔歌晚，玉带河海云鸥翱。

七宝莲池映芙蓉，八方巅峰聚英豪。

日月光华祈运台，饮泉望海可神聊？

观音一滴甘露亭，梵刹万佛莲花姣。

遥想玄黄洪荒力，俯仰纵横天地爻。

福兮祸兮

福兮祸兮一瞬间，祸兮福兮俱无常。

惊悚高速飞噩梦，一任漫天风雨狂。

逢凶侥幸化大吉，遇难反转呈瑞祥。

好德好行有好报，善言善语暖心房。

劝君一言须记取，乐极生悲惹人伤。

古樱秋荷

东京街头好搭讪，软派随时玩新奇。

古樱依水戏窈窕，绿水行舟漾涟漪。

碧荷浸润白鹤飞，银叶闪飘静女怡。

一衣带水东洋花，半秋映云情人迷。

斑驳地铁古旧痕，空寥富士云裳衣。

铁塔可望千里远，更待万家放虹霓！

婀娜惊鸿

浅草浅草不见草，滚滚红尘初心空。

伝法院通江户情，四衢八街生意隆。

风神雷门浅草寺，香客万方汇潮洪。

流镝白鹭五重塔，意绪阑珊签客虹。

三三两两异域侣，和服婀娜正惊鸿。

日月光华

日月光华旦复旦，如锦如绣如如旦；

日月光华夕复夕，如醉如痴如如夕；

日月光华日复日，如火如荼如如日；

日月光华月复月，如诗如歌如如月。

日月光华年复年，如梦如幻如如年！

【注释】

《尔雅·释诂一》："如、适、之、嫁、徂、
逝，往也。"邢昺疏："皆谓造于彼也。……
适、嫁、徂、逝，皆地方俗语。……逝，秦晋
语也；……徂，齐语也；适，宋鲁语也；往，
凡语也。"

微信无极

微信无极大舞台，男女老少一起来。

你玩游戏他办公，我开微店你玩牌。

红红火火微世界，嘻嘻哈哈小总裁。

今日不微明日微，微得君郎乐开怀。

明天不信今天信，信得微友一排排！

如来如去

如去如来大悲咒，如来如去如如如。

相遇如云云如水，遇来遇去忽忽如！

相交如水水如象，交来交去淡淡如！

相望如象象无形，望来望去闪闪如！

南无声声如梵呗，如来如去如如如！

驹隙感怀

八月八日，农历六月十九，正恰逢观音菩萨成道之日，为期三年的佛学院讲学，一晃而过，驹隙之慨，令人唏嘘不已！

青灯黄卷阅红尘，晨钟暮鼓听滴漏。

谁知今夕是何夕，观音成道大悲咒。

千手千眼观世音，万心万意窥紫宙。

江风乘月彩云归，华阁唱潮黄花瘦。

驹隙何叹东逝水，三秋恍惚一瞬透。

诗跋

诗跋者，以诗为跋也！

四十余年学术生涯，肇始于"言"，周旋于"意"，升华于"象"，言—意—象铺就了我的既淡然纯然而又诗情洋溢的学术和创作道路，渲染创设了我的诗歌特色，特撰诗联代为跋语：

> 少狂迷汉语，
> 半世探究言意象，
> 春思一生，
> 洋洋羡余逸度；

> 古稀歌韩诗，
> 一心回归江湖海，
> 秋望八垓，
> 靡靡宽骚情怀。

承蒙作家出版社编辑精心编审，特此谨致万分诚挚谢忱！

韩陈其（大牛）

2020年5月20日于中国人民大学

图书在版编目（CIP）数据

韩陈其诗歌集：言意象观照中的原创中国汉语诗歌／韩陈其著. --
北京：作家出版社，2020.12
　　ISBN 978-7-5212-1120-7

Ⅰ. ①韩… Ⅱ. ①韩… Ⅲ. ①诗集 – 中国 – 当代 Ⅳ. ①I227

中国版本图书馆CIP数据核字（2020）第170319号

韩陈其诗歌集：言意象观照中的原创中国汉语诗歌

作　　者：韩陈其
责任编辑：丁文梅
装帧设计：意匠文化·丁奔亮
出版发行：作家出版社有限公司
社　　址：北京农展馆南里10号　　邮　　编：100125
电话传真：86-10-65067186（发行中心及邮购部）
　　　　　86-10-65004079（总编室）
E-mail:zuojia@zuojia.net.cn
http://www.zuojiachubanshe.com
印　　刷：北京玺诚印务有限公司
成品尺寸：152×230
字　　数：224千
印　　张：30.5
版　　次：2020年12月第1版
印　　次：2020年12月第1次印刷
ISBN　978-7-5212-1120-7
定　　价：78.00元